D1483920

EL CABALLERO DE SAN PETERSBURGO

colección andanzas

Obras de Mayra Montero
en Tusquets Editores

MAYRA MONTERO
EL CABALLERO DE SAN PETERSBURGO

Diseño de la colección: Guillemot-Navares
Reservados todos los derechos de esta edición para:
© 2014, Tusquets Editores México, S.A. de C.V.
Avenida Presidente Masarik núm. 111, 2o. piso
Colonia Chapultepec Morales
C.P. 11570, México, D.F.
www.tusquetseditores.com

1.ª edición en Tusquets Editores España: febrero de 2014

ISBN: 978-84-8383-817-4

1.ª edición en Tusquets Editores México: febrero de 2014

ISBN: 978-607-421-536-6

Impreso en los talleres de Litográfica Ingramex, S.A. de C.V.
Centeno núm. 162-1, colonia Granjas Esmeralda, México, D.F.
Impreso en México – *Printed in Mexico*

Índice

Para Jorge, siempre

Cherson
1786

Son tres aldabonazos firmes. Tres soberanos golpes que retumban en sus oídos como si el pan de bronce hubiera reventado bajo su propio lecho. Antonia se incorpora en la cama, se alisa el cabello con las manos y, mientras se levanta, escucha un cuarto aldabonazo, el último. Entonces corre a vestirse con lo primero que encuentra, la falda y el doble corpiño que habían quedado sobre el biombo la noche anterior, y sale al pasillo rumbo a la escalera.

Un instante después divisa al forastero: desde lo alto no puede precisar sus rasgos, pero sí su figura, el desaliño general y el pelo, probablemente duro, estirado hacia atrás y recogido en la nuca, de un color indefinido que va del gris subido hasta el marrón. Lleva una casaca azul de paño, sin charreteras ni bordados, y unos calzones percudidos, que quizá en otros tiempos le quedaron ceñidos, pero que ahora le cuelgan en los muslos y se le abombachan a la altura de las rodillas. Las botas altas, de cuero negro, son la única prenda que conserva alguna dignidad en aquel conjunto. Y el porte, desde luego. No es una persona ro-

13

busta, se nota que ni siquiera lo ha sido en épocas mejores, antes de sufrir los rigores de la cuarentena, pero se mantiene erguido sin forzar el gesto; alto y absorto mientras le dan la bienvenida.

Unos hilillos de agua turbia, provenientes de la capa que aún sostiene en el brazo, se encharcan a sus pies y se deslizan poco a poco hacia los bordes de la alfombra. El forastero se estremece, pero sigue atento al discurso que pronuncia el príncipe Alexander Ivánovich Viazemski. Antonia se pregunta si debe continuar allí, como lejana espectadora, o si será mejor bajar con todos al salón. No le da tiempo a decidirse porque en ese instante ve que el recién llegado se dirige a la escalera, precedido por un criado que le muestra el camino. Suben deprisa, y él no la ve hasta que está arriba; más bien, descubre un rostro que le resulta familiar. La muchacha tiene una nariz rotunda, demasiado recta o demasiado larga, y unos ojos tan rasgados y oscuros, que le hacen recordar a las esclavas georgianas que se mueren de frío en el Lazareto. Frente a ella se detiene, se inclina levemente y se presenta:

—Teniente coronel Francisco de Miranda.

—Soy Antonia de Salis —dice Antonia, su voz dormida más dormida aún, casi inaudible.

Viazemski, que los contempla al pie de la escalera, se adelanta para decirle al recién llegado que en la casa tendrá oportunidad de hablar su idioma, pues Antonia es prima de su mujer, española como ella, pero crecida y educada en las Antillas.

Se apartan un instante para dejar pasar a otros dos hombres que cargan con el equipaje, y Francisco los detiene para sacar un estuche alargado, con la piel gastada en las esquinas y a ambos lados del cierre de plata.

—Traigo mi flauta —dice alzando el estuche—. A ver si de sobremesa tenemos un poco de música.

Ella sonríe y lo ve alejarse detrás de los criados, saltando de dos en dos los escalones, dejando esa huella de fango que se confunde con las vetas más sombrías de la piedra. En el aire flota el aroma imposible de todas sus cosas: un baúl pequeño y otro grande, una colchoneta mal doblada y una pelliza de cuadros que huele a establo. Antonia corre al salón y alcanza al príncipe Viazemski, que está a punto de encerrarse en su gabinete, como suele hacer cada mañana.

—¿De dónde viene el coronel Miranda?

El otro sonríe antes de contestarle:

—¿No te lo dijo? Viene de las colonias españolas, de la Capitanía General de Venezuela.

Hubiera querido preguntarle dónde queda Venezuela, pero no le da tiempo: Viazemski masculla una excusa y desaparece tras la voluminosa puerta de abeto rojo. Antonia vuelve lentamente sobre sus pasos, olfateando el aroma que aún persiste en el aire, un olor ceniciento a chimenea mojada, o a hoguera que se consume bajo la lluvia, como si el forastero hubiera llegado a la casa envuelto en llamas, y una vez allí le hubieran hecho la caridad de echarle un balde de agua por encima.

Se deja caer en la butaca grande del salón, la misma que usa Viazemski cuando hay tertulia. Hace más de seis meses, desde su llegada a Rusia, que no habla español más que con la criada o con su prima, y con esta muy de tarde en tarde porque Teresa prefiere hablarles a todos en francés. Escuchar su idioma en labios de aquel hombre le produce una rara mezcla de dicha y de melancolía. No es el tono que acostumbraba oír en su casa, aquel acento andaluz de su padre o su hermano, sino una ronca cadencia que ella enseguida asocia, sin meditarlo mucho, con la voz y la ternura del maestre de jarcia que le salvó la vida en el naufragio.

Antonia suspira. Siempre que lo recuerda le viene a la mente un torbellino de plumas. Aquel hombre se le había acercado nadando, hundiéndose y reapareciendo entre las olas, mientras ella luchaba por asirse a una jaula de pollos. Al alcanzarla, le gritó que se agarrara fuerte a sus espaldas, pero Antonia no se movió, fascinada como estaba por las cabezas de las aves moribundas, que boqueaban tragando agua. El hombre le volvió a gritar y Antonia tampoco reaccionó. Por el contrario, dirigió la vista hacia el cadáver de una anciana que flotaba con la cara hundida y los brazos en cruz, como un pájaro hurgando en la profundidad, y un momento después, ella también se deslizó hacia el fondo. El otro no esperó más y la agarró por el pelo, cruzándole un brazo alrededor del cuello. Antonia no supo entonces, ni pudo recordar jamás, cómo la subieron hasta un esquife abarrotado de sobrevivientes, ni a qué altura de la tarde fueron milagrosamente rescatados por el velero holandés que los devolvió a La Habana. Su madre no había tenido tanta suerte, y aunque aquel marinero canario, antiguo amigo y colaborador de su padre, la buscó también entre la gente que se mantuvo a flote, no logró encontrarla.

Transcurrieron meses antes de que pudiera referirse al desastre, y de noche martilleaba en su cabeza el grito de aquel hombre que la apremiaba para que se aferrara a sus espaldas. Los médicos de La Habana le recomendaron un cambio de aires, y su padre entonces recurrió a una sobrina que estaba bien casada en Rusia, y a la que Antonia apenas conocía. Rusia, argumentó Juan de Salis, seguramente era un magnífico lugar para convalecer. El marido de su prima era además un príncipe, gobernador de una plaza muy próspera llamada Cherson, y era de esperar por tanto que llevara una existencia holgada, dedicada a la caza, a las fiestas y a los pasadías bajo tiendas fastuosas que, según le habían contado, montaban de maravilla los criados tártaros.

Desde los días del naufragio, Antonia sentía una total indiferencia por cualquier proyecto que tuviera que ver con su futuro. Pero algo le llamó la atención en el nombre singular y duro de aquella plaza remota. Y mientras navegaba, endurecida por el pánico, en el buque que la llevó primero a Cádiz, para emprender desde allí la larga, larguísima travesía rumbo a Rusia, se prometió no imaginar siquiera un solo rostro, ni una calle, ni un minuto de lo que habría de ser su vida en adelante. Su padre la mandó al cuidado del mismo maestre de jarcia que le salvó la vida en el naufragio, acompañada por una sirvienta joven, una mulata silenciosa con la que prácticamente había crecido.

El viaje había durado varios meses, en un deliberado intento por evitarle a Antonia, bastante débil todavía, los rigores excesivos de las tiradas muy largas. Al cabo de ese tiempo, una lluviosa mañana de mayo llegaron a Cherson. Su prima, al verla, había reaccionado con tal alboroto que los transeúntes se detuvieron para observar el encuentro: la saludó en español, la besó en repetidas ocasiones y le prometió, mirándola de arriba abajo, que la casaría con otro príncipe ruso para que nunca tuviera que regresar a La Habana. Teresa Viazemski tenía veintisiete años, diez más que Antonia, pero conservaba el aspecto de una adolescente: la piel lozana, la dentadura completa, increíblemente blanca y fuerte; ni una mancha, ni una huella de viruela en su rostro o sus manos.

Cherson no era el poblado verde y risueño que describió su padre, sino una plaza fronteriza con mil doscientas casas de piedra y argamasa, gran número de barracones donde vivían las tropas, y una multitud de chozas de barro en las que se hacinaban los campesinos. El hogar de su prima, en cambio, era otra cosa: un recio edificio de mazonería en el que destacaban, por fuera, los suntuosos jambajes de las ventanas y el ornamento del frontispicio, todo labrado en terracota, cuya pequeña balaustrada en nichos parecía bordada en la pared. En los salones había tapices crimeanos y alfombras turcas de colores que se tornasolaban, y las ventanas interiores, a modo de aspilleras, chorreaban una luz de gelatina, amarillo azufrado por las mañanas y anaranjado pálido al caer la tarde.

Le contaron que en invierno las calles se volvían intransitables, y que las bestias se atascaban, o se desplomaban fatigadas, mientras los transeúntes caminaban con el barro a media pierna. Pero ella había llegado a principios del verano, justo cuando en la casa de los Viazemski se hacía una pausa para disfrutar del campo, vestir trajes ligeros y sumergirse en esa vorágine de paseos y meriendas con que se desquitaban de los meses de encierro. Teresa contrató a un profesor de francés para que diera lecciones a su prima, y Antonia hizo tales progresos que pronto empezó a prescindir del castellano. Pasaba las horas memorizando el vocabulario, conjugando verbos y tratando de afinar la pronunciación y aprender frases de moda, cazándolas al vuelo en la conversación de Teresa con las demás esposas de los oficiales, o en los diálogos del príncipe con los nobles polacos y alemanes que se detenían a visitarlo, cuando iban camino a Sebastopol.

Aquella tarde, su prima se refirió a Francisco como al

«conde recién llegado de Turquía», y le contó que lo había conocido el día anterior, cuando el forastero, que acababa de pasar la contumacia, le fue presentado en una casa de la ciudad. Se le veía agotado, pero respondió con paciencia a todas las preguntas que le hacían: ¿Era cierto que en Turquía violaban a las extranjeras en la calle, a plena luz del día, y que luego, amarradas y contusas, las conducían hasta el harén? ¿Era verdad que escupían a los cristianos, y a los que se rebelaban los despellejaban vivos, y luego colgaban sus cabezas a las puertas de los edificios públicos?

—No le fue tan mal en Constantinopla después de todo —comentó Teresa—. Jura que nadie lo escupió.

Una criada las interrumpió para avisar que había llegado el profesor de Antonia. Nunca sintió tanta alegría ante el arribo de aquel viejo gotoso, que en todas las lecciones ponía el ejemplo de Versalles. Tendría que preguntarle cómo se decía en francés serrallo, y cómo se decía carabela. En una ocasión, la única en que había viajado por el mar Negro, con motivo de un paseo a la fortaleza de Kinburn en compañía de sus parientes, tropezaron con una carabela turca. Teresa, al principio, bromeó con que aquellos desalmados asaltarían la fragata, matarían a los hombres y secuestrarían a las mujeres. Pero cuando vio acercarse la embarcación, su artillería desigual asomando erizada por la borda, y las caras feroces de los marineros gritando frases que no comprendía, perdió la calma y se abrazó a su prima. Nada pasó y pudieron seguir de largo, pero Antonia pensó que, si venía al caso, le contaría al coronel Miranda el lance en el mar Negro y el miedo que habían pasado nada más ver a los turcos soltar esas horribles risotadas que les llegaban distorsionadas por el viento. Más tarde le preguntaría por Venezuela. Pero antes de arreglarse para la comida debía averiguar dónde quedaba aquel lugar. ¿Cerca de Cuba, o más bien en los alrededores de Jamaica? ¿A un paso de Nueva Granada? ¿Colindando, tal vez, con Brasil?

Para la cena se vistió de negro, con uno de los vestidos de luto que había llevado desde La Habana. Empezaba a hacer frío y Viazemski le había advertido que, como ese invierno se presentara tan duro como el anterior, tendría que olvidarse de las cremas perfumadas y untarse manteca de ganso, como todo el mundo. Antes de bajar al comedor, miró su rostro en el espejo y se lo imaginó cubierto de aquella grasa hedionda que ya tan sólo usaban los cosacos.

A las siete en punto bajó al salón. Teresa la miró azorada: no le había visto ese vestido negro desde el día de su llegada, y ahora le quedaba peor que nunca, con el cuello apretado y el talle torcido. Viazemski no disimuló su asombro: un traje basto de dudosa hechura, que seguramente había sido encargado, después del naufragio y a toda prisa, a cualquier modistilla de La Habana. Francisco la miró con naturalidad, se inclinó para besarle la mano y Antonia pensó que se veía cambiado, se había puesto polvos de olor en el cabello y había sustituido la casaca de paño por una levita negra de moaré. Llevaba chaleco cruzado y camisa limpia, y, en lugar de las botas, se había calzado zapatos con hebilla. Había otros cuatro invitados, y Antonia los fue saludando uno por uno. El príncipe y la princesa Dolgoruki la besaron en ambas mejillas, como era su costumbre; el comandante Anatoli Tekely le dio una palmadita en el hombro, como si saludase a un niño, y el comerciante Jean Paul Van Shooten, que no cesaba de seducir a Teresa contándole de las sederías bordadas que le acababan de llegar de China, le sonrió con impaciencia. Una criada avisó que la cena estaba servida y que podían pasar al comedor.

—El amigo Miranda pasó grandes vicisitudes en el Lazareto —dijo Viazemski, no bien se sentaron a la mesa.

—No sé por qué no vino a Rusia a través de la frontera con Polonia —alegó el comandante Tekely—. Sólo le habrían dado dos días de contumacia, y en otros siete hubiera llegado a Cherson.

—Lo intenté —aseguró Francisco—. Desembarqué en Ochakov y estuve haciendo gestiones, pero el Pachá se negó a darme un genízaro que me acompañara, y dijo que era probable que me atacaran por el camino. Así que decidí embarcarme en un tumbazo turco, cargado de caballos, que justamente venía hacia Cherson.

—Estuve visitando el Lazareto —intervino Van Shooten—, y el lugar es asqueroso.

Antonia terminó de tomar la sopa en silencio. Por dos veces su mirada se había cruzado con la de Francisco, y las dos veces había hallado un destello familiar en aquellos ojos grises y pequeños. De pronto, alzó la vista y lo miró resuelta:

—Cuéntenos, ¿cómo se vive en el Lazareto?

—Tantas privaciones, todo tan sucio... No creo que sea prudente que se lo relate en la mesa. Tal vez más tarde.

Ella fijó la vista en el mantel, y luego en el plato que le acababan de poner delante: de la pieza de cordero asado sobresalía un pequeño hueso de color malva. Viazemski, sentado a su lado, se aclaró la garganta y la miró de reojo. Por primera vez, desde su llegada a la casa, iba a tocar un tema que había estado vedado durante todos esos meses.

—Antonia también tuvo una experiencia desgraciada

21

hace tres años. El barco en que viajaba hacia Jamaica zozobró.

—Jamaica —exclamó Francisco—. ¿Has vivido allí?

—Mi hermano se casaba en Kingston —repuso ella—. Mi madre y yo viajábamos para la boda.

Un breve silencio cayó sobre la mesa, y Teresa fue la encargada de romperlo con una pregunta dirigida al venezolano: ¿era cierto que anduvo de arriba abajo la Constantinopla?

—Menos de lo que hubiera querido —respondió él—. Y aun así, luego nadie se me quería acercar en las casas de Pera, por temor a que me hubiese infectado.

Siguió hablando de cara a un auditorio embelesado, que apenas reparaba en el contenido de los platos que les ponían delante, y cuando por casualidad se refirió al Paseo de los Cementerios, en las afueras de Pera, la vieja princesa Dolgoruki no pudo contener las lágrimas.

—Mi padre está enterrado allí —sollozó en falso—. Y ahora usted dice que los turcos se sientan a merendar sobre las lápidas.

—Los turcos, los griegos y los armenios —precisó Francisco—. Pero no vi profanación de clase alguna.

Un movimiento brusco de Viazemski cortó de golpe la conversación. Todos miraron hacia el príncipe, que se había derrumbado sobre el plato y temblaba con las extremidades rígidas. Antonia se levantó de un salto y se colocó a sus espaldas, le sostuvo la cabeza y pidió una servilleta para ponérsela entre los dientes. Teresa también se había puesto de pie, pero no intervino, se limitó a contemplar a su marido, apesadumbrada y fría, como si mirara el interior de un pozo. Entre una convulsión y otra, a Viazemski se le desorbitaban un poco más los ojos, y el hilito de espuma blanca que le bajaba por la comisura se volvía cada vez más espeso.

—Es un ataque —dijo Antonia—. Mi hermano también los padece. Tenemos que acostarlo.

Francisco corrió para ayudarla y las manos de ambos, por un momento, coincidieron bajo la nuca del enfermo. Entre los dos lo colocaron sobre la alfombra, calzándolo con unos cojines y apartándole el pelo de las sienes. Los príncipes Dolgoruki se acercaron para observar la escena, y el comandante Tekely, súbitamente enrojecido, empapó una servilleta en agua y echó a correr de un lado para otro, sin saber qué hacer con ella. Sólo el holandés Van Shooten permaneció sentado, aletargado, con los ojos fijos en su copa. Al cabo de unos minutos, el cuerpo de Viazemski comenzó a aflojarse, como si se estuviera derritiendo, y su cara pálida y contraída se fue transformando hasta adoptar una expresión más sosegada.

—Ahora tiene que descansar —susurró Antonia y cruzó una mirada con Teresa, que rompió su mutismo para llamar a dos criados que la ayudaran a levantar al príncipe y llevarlo hasta su habitación.

Sirvieron el té y Van Shooten pidió que se lo mezclaran a partes iguales con aguardiente. Antonia le preguntó a Francisco si también quería mezclarlo con licor. Por toda respuesta él levantó su taza.

—Otro día le cuento los horrores del Lazareto —prometió.

—Cuando usted quiera —respondió ella en el idioma de ambos, y acto seguido, sin pensarlo dos veces—: Pero, primero, dígame una cosa, ¿dónde queda la Pequeña Venecia?

Pedro de Macanaz se frotó las manos y se las llevó a la cara, las tuvo allí un instante y luego las retiró crispando algo los dedos, de arriba hacia abajo, como si se estuviera despojando de una máscara. Apretó los brazos contra el cuerpo y sintió aquel latigazo de dolor en las axilas. Unos cuantos sabañones morados le habían crecido allí, en las axilas, pero también en las ingles, por lo que su mujer, lengua amarga y viperina, había insinuado que el gálico lo estaba devorando poco a poco.

Se sentó de nuevo frente a Pierre Fabré, el comerciante ginebrino que acababa de llegar a San Petersburgo procedente de Cherson. Hacía tiempo que había alertado al gobierno de Madrid de la necesidad de mantener un informante en aquel movido puerto del mar Negro. Cherson era un sensible enclave militar, y allá solían tomarse muchas decisiones importantes, sobre todo en lo que concernía a Turquía. Extrajo de una gaveta la pequeña bolsa con los rublos de oro y la dejó oscilar un momento entre los dedos, luego la dejó caer en la mesa y el tintineo de las monedas se apagó bruscamente. Repitió una vez más las mismas preguntas que había formulado poco antes: ¿Estaba seguro de que se trataba de aquel venezolano llamado Francisco de Miranda? ¿Ese fugitivo de la justicia? ¿Ese traidor que venía haciéndose pasar por teniente coronel?

Y por conde, le había respondido Fabré. Su pasaporte, expedido en Séutari por el representante austriaco, lo acreditaba también como conde de Miranda. Así pasó a Constantinopla, donde el embajador ruso, Yakov Ivánovich Bulgákov, le había entregado cartas de recomendación para los nobles de Cherson. Allá estaba en ese mismo instante, alojándose nada menos que en la casa del gobernador, príncipe Alexander Ivánovich Viazemski.

Macanaz mantenía una expresión severa. Continuaba frotándose las manos y lo irritaba como nunca el dolor de las axilas, pero atisbó una luz, una llamita de esperanza que comenzaba a animarle aquel invierno. Buena pieza era el conde de Miranda, aquel teniente coronel de pacotilla, aquel mestizo de medio pelo cuya cabeza, sin embargo, interesaba tanto en Madrid. Magnífica oportunidad para rendirle un buen servicio a su gobierno y luego, como quien no quiere la cosa, solicitar el traslado hacia otra plaza, por motivos de salud naturalmente. Italia, quizá, o acaso Grecia. Un cambio de clima era todo lo que necesitaba.

Entregó las monedas al confidente y lo instruyó una vez más sobre lo que tenía que hacer cuando regresara a Cherson. No debía perder de vista a Miranda. Nadie sabía cuánto tiempo pensaba quedarse aquel facineroso en Rusia, pero seguramente no había hecho un viaje tan largo por unas pocas semanas. Algo andaría buscando el muy ladino, y hasta que le llegara la autorización desde Madrid para apresarlo y enviarlo a las cárceles de España, era preciso mantenerlo vigilado. No había que olvidar que ese príncipe Viazemski era también un personaje muy torcido, famoso acá por su marrullería, y para colmo, tenía entendido que un adelantado de la Emperatriz, el todopoderoso Grigori Alexándrovich Potemkin, se hallaba en Kremenchug, camino a Crimea. Posiblemente pararía en Cherson, y a lo mejor ese era el plan secreto de Miranda, acercarse a Potemkin y ofrecerle sus servicios como espía o como mercenario.

Macanaz despidió a su confidente y se quedó a solas en su gabinete. Fabré tampoco le inspiraba demasiada confianza, pero de ningún modo se hubiera atrevido a contratar los servicios de un confidente ruso. Los rusos eran zorros, traicioneros y ladrones; propensos al engaño y a vender informaciones falsas. Eso se lo había advertido, nada más llegar a San Petersburgo, el propio embajador francés, *monsieur* Ségur, quien tampoco se fiaba de ellos. Por otra parte, Fabré tenía la pinta perfecta para aquel trabajo, uno de esos tipos esmirriados y grises en los que nadie repara demasiado. Poco antes de que Macanaz lo reclutara, su cobardía había inspirado una cancioncilla de taberna que tarareaba medio Cherson. Contaban allá que el ginebrino, hallándose con su mujer y con su suegra en una casa de campo, había sido asaltado por unos cosacos ladrones. Fabré se había echado a correr para esconderse en el granero, dejando atrás a las mujeres para que hicieran frente a los cosacos. Fue la anciana, ensangrentada y llorosa, quien dio aviso a las autoridades de que las habían violado, y, sólo cuando llegaron los soldados, Fabré se animó a salir de su escondite, doliéndose de los destrozos, pero sin lamentarse por lo que les había ocurrido a las señoras de la casa.

Macanaz se revolvió intranquilo y se frotó otra vez las manos. El invierno se anunciaba muy crudo y a él esos episodios de mujeres forzadas le causaban un insistente cosquilleo en el bajo vientre y unas ligerísimas, pero reconfortantes erecciones. Pensó en Rosa, su mujer, que lo esquivaba por temor al gálico, y de inmediato se acordó de la muchacha rusa que unos días atrás le había llevado su criado. La madre había pedido diez ducados aduciendo que la hija era virgen, y él le mandó a decir que no daría más de tres. Al final transaron por cuatro, en realidad por cinco, le dio un ducado adicional a la muchacha, que en verdad no conocía varón. Volvió a sentir el cosquilleo y miró su pantalón de pana, que se empinaba levemente entre los muslos. Recordó el famoso cumplido que le dirigió un muftí de Crimea al príncipe Potemkin, cuando el hombre fuerte de la corte rusa tomó posesión de aquellas tierras: se acordaría de ese día, prometió el muftí, como una mujer siempre se acuerda del hombre que le quita el virgo. Macanaz llamó al criado: la muchacha de la otra vez, le dijo, que le ofreciera cuatro ducados y se la metiera nuevamente en la cama. El criado asintió y salió del gabinete haciéndole una reverencia. De aquellos cuatro ducados, probablemente su sirviente se embolsaba dos. Pero no se podía negar que tenía buen tino para escoger a las mujeres, y que sabía hacer discretamente su trabajo. Otra cosa hubiera sido negociar él mismo con las campesinas. Ya en una ocasión lo habían timado, la primera vez que estuvo en Kiev. Había salido de excursión por los alrededores, acompañado de un oficial prusiano que hacía las veces de anfitrión y guía, y en una casa donde pararon para descansar les ofrecieron duraznos y aguardiente. Las mujeres estaban solas y, después de tomar el licor, el oficial prusiano atacó a la criada y él, por su parte, trató de seducir al ama, una alemana que le pidió por sus favores seis ducados. Se encerraron en la alcoba y a Macanaz lo arrebató la desnudez cuajada en len de aquella joven desdeñosa, que accedió tranquilamente a los retozos y caricias, pero que se negó a ser penetrada. Con algún pretexto ella lo dejó solo, y al ver que demoraba, Macanaz salió a buscarla. Sólo encontró en el lugar a la criada, quien, para asustarlo, le mostró un uniforme y un sombrero de oficial.

¡De ninguna manera!, había tronado entonces Macanaz, no había nacido la hembra que se burlara de él. Poco le importaba si el marido era oficial o matarife: se acostaría con ella, o, en caso contrario, exigiría que le devolvieran sus seis ducados. La criada comenzó a llorar y él tomó la mantilla, la escofieta y los zapatos de su ama para llevárselos en prenda. Intervino entonces el oficial prusiano, quien le sugirió que se metiera en el coche con la criada. Bien vista, también tenía buena figura, y posiblemente era más joven que su patrona. Ya iba a negarse, aduciendo que una mondonga como aquella de ningún modo valía seis ducados, cuando le sobrevino el ansia, una sensación de plenitud, por un lado, y de brutal voracidad por otro. No lo había pasado mal, después de todo, aunque siempre le quedó la espina de no haber podido sacrificar a la alemana. Según le habían contado luego, ella tenía terror a su marido, un militar hannoveriano, cojo y de mal genio, que la azotaba con frecuencia. ¡Con la de gente rara que pululaba en Rusia!, suspiró Macanaz, y la sonrisa se le congeló en los labios. Volvió a acordarse de Miranda y lo inquietó la idea de no poder cumplir con la misión de despacharlo a España. Al fin y al cabo, Miranda era también un bocado demasiado apetecido por los rusos. Tenía fama de ser hombre influyente en las colonias, capaz de causar muchos dolores de cabeza a la corte madrileña. Y Rusia, de un tiempo a esta parte, chocaba demasiado con España. Los mercaderes de la región de Alaska, que cada vez se desplazaban más al sur, le habían ido con cuentos a la Emperatriz, quien no tardó en mostrar las uñas. Aquellas eran tierras descubiertas por navegantes rusos, insistía Catalina, y para que a Carlos III y a toda su corte no se les olvidara, había mandado al norte del Pacífico sus cuatro mejores fragatas y una imponente nave de transporte, toda una flota para asustar al mundo. Ese viaje a Crimea emprendido por Potemkin —abriéndole paso a la Emperatriz, que partiría dentro de pocas semanas—, encerraba un mensaje tácito para españoles y franceses: los rusos no cejarían en su empeño de expulsar a Turquía de sus posesiones europeas. Y era posible que pronto hubiera guerra.

El criado entró al poco rato e inclinó la cabeza: el encargo estaba cumplido, la muchacha lo aguardaba. Por deseo expreso de Macanaz, esos encuentros clandestinos se celebraban en la pequeña pieza que el criado ocupaba al fondo del jardín, al otro extremo de la casa. Así que se echó por encima una pelliza y cruzó animado entre los arriates solitarios, recubiertos de musgo y hojas secas. Su mujer, que se asomaba en ese instante para tirarles migas a los cuervos, le lanzó una mirada burlona. Macanaz prosiguió como si no la hubiera visto y penetró rápidamente en la pequeña pieza. Ya adentro, le costó trabajo localizar a la muchacha, que estaba medio oculta entre las sábanas de lino con las que el criado tenía orden de vestir su cama, únicamente cuando Macanaz iba a refocilarse en ella. No tendría más de trece o catorce años, y aquella tarde le pa-

29

reció más menuda y frágil que la vez anterior. Al contrario del primer día, no la había visto desnudarse porque ya estaba desnuda, con las piernas encogidas y los brazos cruzados detrás de la cabeza. Como el lugar carecía de estufa, el criado había colocado en el suelo varias bandejas en las que puso a quemar espíritu de vino.

Macanaz contempló golosamente los trémulos contornos de su presa. Ella le sonrió, allanando el camino que le procuraría aquel ducado adicional, y él no esperó más para deshacerse de la pelliza y de gran parte de la ropa. Se quedó cubierto apenas con la camisola y los calzacalzones de lana; entonces le pidió a la muchacha que se diera la vuelta y ella lo obedeció, le mostró la espalda desnuda y las blanquísimas nalgas de niña. Macanaz procedió a sacarse la peluca, se inclinó para extraer las pantorrillas falsas que llevaba debajo de las medias, terminó de desnudarse a tirones y se acostó junto a la muchacha. Le bastaba con cerrar los ojos para evocar, de nuevo, el rostro alucinado de la señora de Fabré, dichosa y mártir, galopando sobre los príapos repletos de los temibles cosacos; trató de imaginar también lo que había sido de la suegra, con su pobre carne flácida, su piel arrugada y su dentadura podrida, cosa que poco importaba a unos cosacos ladrones. Casi escuchó los gritos de la vieja y vio relampaguear la sangre en sus nalgas. Entonces sintió el cosquilleo redentor, frotó su rostro contra el cuello y las axilas tersas de aquella mansa criatura que lo abrazó a pesar de todo. La besó ansiosamente y chupó sus pezones, duros como dos granos de cebada, y luego la penetró con cierta angustia. En las bandejas chisporroteaba el espíritu de vino, que de paso despedía un aroma suave, y sólo la muchacha, que mantenía los ojos bien abiertos, alcanzó a ver que alguien había empujado la puerta de la habitación. El rostro hierático de Rosa de Macanaz apareció de pronto, y una vocecita socarrona se escuchó por encima de los quejidos y del doloroso traqueteo del camastro. Pedro de Macanaz se detuvo y la oyó decir que no se molestara en atenderla y continuara fornicando, que de ese modo el gálico lo mataría más rápido. Pero que en lo adelante separarían los cubiertos y la ropa de cama, e incluso él se tendría que abstener de usar los muebles y las habitaciones que ella usara.

La muchacha, en la cama, se evadió de aquel abrazo que se enfriaba poco a poco y sin encomendarse a nadie comenzó a vestirse. Rosa de Macanaz, desde la puerta, se quedó contemplando el cuerpecito delgado y pálido, maculado en las caderas y en los hombros por el humor verdirrojo de los sabañones, que en la trabazón de los cuerpos reventaron como ciruelas. Macanaz se dio la vuelta enfurecido y le ordenó a su mujer que se largara. Por cuatro ducados, había disfrutado muy poca cosa. Se sentó en la cama y la muchacha, ya vestida, vino a sentarse a su lado en espera de la propina. Él se cercioró de que Rosa se había ido, y alargó la mano para tocarle los pechos. Era difícil recomenzar con los mismos bríos, así que se contentó con acariciarle el vientre y las corvas. Más tarde se incorporó, recogió los calzones del suelo y le dio el ducado que se había guardado en el bolsillo: que constara, le dijo, que la próxima vez tendría que hacerlo sin cobrarle un céntimo. Ella sonrió, guardó la moneda y escapó radiante.

Esa misma noche, Macanaz recibió en su casa al ministro napolitano y a su mujer, una romana de espíritu severo, diez años mayor que su marido, rolliza y pecosa, pero con una cinturita de avispa que se decía era el delirio de varios caballeros jóvenes de San Petersburgo. Rosa de Macanaz había bajado tarde, vestida de negro y alhajada con un medio aderezo de plata, en cuyo broche principal destacaba el retrato de un joven moreno. Macanaz la fulminó con la mirada, y cuando estaban sentándose a la mesa, se inclinó hasta que sus labios rozaron el oído de su mujer.

—Ese sí que se murió de asco —susurró—, y el gálico te lo pegó en los sesos.

La frase salió como una ráfaga y ella acogió la furia del marido como un bien merecido trofeo. Miró satisfecha el retrato del broche y la mujer del napolitano aprovechó para alabarlo. Saboreando lentamente su venganza, Rosa de Macanaz contó la inevitable historia de aquella miniatura, obra de excepción de Ismael Mengs, gran artista danés, íntimo amigo del que fuera su primer marido. La conversación irritaba a Macanaz. Además, le molestaban las gasas que se había puesto entre las ingles para contener la supuración de los sabañones. Por eso sintió un gran alivio cuando el napolitano interrumpió a su mujer para pedir detalles sobre el engorroso asunto de Miranda. Le preocupaba lo que haría el gobierno ruso una vez se le exigiera la entrega de aquel fugitivo. El mero hecho de que se le permitiera moverse libremente por el país, y se le recibiera, con marcada deferencia, en las casas de los señores nobles, podía interpretarse como un agravio no sólo para el diplomático español, sino para los representantes de los demás reinos borbónicos.

Macanaz se quedó un rato pensativo. Le había gustado ese argumento: un agravio para él, un agravio para todos.

—En principio —recalcó— y en señal de protesta, no pienso moverme de San Petersburgo.

Lo irritaban demasiado sus achaques, y no estaba en condiciones de emprender el largo viaje que se estaba organizando a fin de acompañar a la Emperatriz en su recorrido por las provincias del sur. Él prefería quedarse en casa y seguirle los pasos a Miranda a través de soplos y confidencias, desde la tranquilidad de su gabinete, pendiente de las instrucciones que en cualquier momento le llegarían desde Madrid.

El napolitano movió la cabeza: ¿por qué mejor no le escribía a Miranda? Para empezar, Macanaz podía exigirle que presentara pruebas, las patentes de su derecho al título condal y al grado de teniente coronel del ejército español. Que mostrara sus credenciales a las autoridades rusas y al representante de la corte española.

—Una carta —murmuró el otro—. Lo pensaré esta noche.

La velada concluyó sin mayores sobresaltos, pero a la hora de acostarse, Macanaz descubrió que los muebles de su alcoba habían desaparecido. En su lugar había unas pocas piezas, viejas y destartaladas, que no eran propias ni siquiera para el uso de la servidumbre. El criado intentó una disculpa: la mudanza la había ordenado la señora, quien además había mandado a comprar ropa de cama, vajilla y una cubertería barata para el uso exclusivo de su marido. Macanaz miró contrariado hacia el lugar que había ocupado su mullido lecho de colgaduras; ahora lo sustituía un camón de hierro, con un colchón tan delgado que de seguro se le resentiría la espalda. El criado se acercó para ayudarlo a desembarazarse del fraque. Entonces le comunicó que la muchacha de por la mañana había regresado, por si el señor quería concluir lo que había dejado inc"cluso. Macanaz se sentía cansado y rechazó la oferta, le dolían terriblemente los sabañones y no iba a poder concentrarse, por segunda vez aquel día, en el rapto de las parientas de Fabré. Mandó a decirle que volviera al día siguiente. Y ya que habían cambiado los muebles sin su autorización, no se tomaría más la molestia de esconderse en la pieza del criado. Lo haría allí mismo, en su propia alcoba, para que Rosa, del otro lado de la pared, escuchara sus gemidos y se doliera más que nunca de sus arrebatos.

Afuera arreciaba el frío y la estufa no calentaba lo suficiente. Antes de retirarse, el criado envolvió a su amo en varias mantas y le ató un antifaz negro alrededor de los ojos. A oscuras, pensó Macanaz, totalmente a oscuras, se le ocurrían las mejores ideas, y él ya tenía en mente la carta que le escribiría a Miranda. Serra Capriola estaba en lo cierto: exigiría las pruebas al venezolano y entonces ese vagabundo tendría que reconocer, delante de la corte rusa, y frente a ese insulso príncipe Viazemski bajo cuyo techo se estaba hospedando, que no era más que un impostor. La absurda maniobra política de los rusos se les viraría en su contra. Miranda, a pudrirse en las mazmorras de Ceuta, y él..., él a restablecerse de la furia de su propio pellejo en algún cálido paraje del Mediterráneo.

Aquella noche Antonia no bajó a cenar. Se presentó
más tarde, cuando ya todos se habían reunido en el salón
para tomar café. Estaba pálida y su mejilla izquierda se veía
ligeramente hinchada, pero Francisco volvió a maravillarse
de la expresión cerval de aquellos ojos, un parpadeo melancólico que le volvió a evocar, casi a su pesar, el dolor
insumergible de las esclavas georgianas.

—De esclavas estábamos hablando —le advirtió Teresa—. Siéntate con nosotros.

Antonia se acomodó junto a su prima y luego se con-
centró en Francisco, que retomaba el relato en el mismo
punto donde lo había dejado: el calor insoportable que invadió Constantinopla aquella tarde; un bochorno cruel,
brumoso, desgraciado. Las jaurías de perros sin dueño que
habitualmente recorrían la ciudad, se acercaban a las fuentes en busca de cualquier alivio. Las mujeres, en tanto, utilizaban su jerigonza para injuriar al forastero, y el genízaro
que lo acompañaba le advirtió que debía cuidarse de las
pedradas de los niños. Al pasar junto al Mercado de Esclavos, Francisco hizo un alto para observar a los hombres

35

que arrastraban consigo a las mujeres llorosas. Reparó en las túnicas brillantes y en los bombachos de seda que llevaban casi todas; aquellos eran los vestidos de «retirar esclavas», los mismos que usaban una y otra vez los señores para cubrir a las muchachas que compraban, ropa de lujo que probablemente lucirían una sola vez en su vida, para atravesar el sendero sin retorno que iba desde el mercado hasta la casa del amo. Un guardia le cortó el paso a Francisco: los *giaurs*, o infieles, no podían entrar al mercado. El genízaro, en cambio, se deslizó hacia el interior del edificio, del que salía un gran escándalo mezcla de los gritos de ofertas, contraofertas, disputas, y una retahíla de pregones que sonaban, desde afuera, como un ululeo monumental y enloquecido. Francisco se había sentado sobre una piedra, tratando de escrutar los rostros de las esclavas más jóvenes, en sus catorce o quince años, que al contrario de las demás mujeres, no lloraban ni mostraban expresión alguna mientras eran empujadas por sus nuevos amos. Pocos minutos más tarde, el genízaro volvió acalorado, gesticulando y dando voces: acababan de escaparse tres esclavas circasianas de un cargamento que el día anterior había llegado a la ciudad, y se estaba organizando una partida de guardias que saldría a buscarlas. Francisco, que ya estaba sediento, aturdido por el cansancio y los gritos, le pidió al guía que lo llevara a un café para reponer fuerzas. Entraron al primer establecimiento que encontraron, y enseguida fue advertido por su acompañante de que, tras el salón principal, hallaría un fumadero de opio de especial alcurnia, al que tal vez podrían lograr acceso. Degustó lentamente su bebida, observando de reojo los cortinajes que ocultaban la entrada al fumadero y a través de los cuales escapaba un humo pardo de entrañable aroma. Terminado su café, trató de sobornar al encargado por un par de piastras, pero el hombre le gritó que ni por todo el oro del mundo le permitiría entrar en esa estancia hecha por turcos para el disfrute de los turcos. Tur-cos, silabeó, agitando airadamente su caftán. Francisco volvió a la calle con la intención de dirigirse a los puestos de fruta del mercado, donde se le antojaba tomar un buen pedazo de sandía. Y a la entrada de una de aquellas cuevas que hacían las veces de especiería y alfolí, medio ocultos tras un montón de tablones chamuscados, descubrió los ojos de gacela entrampada, las pupilas sedientas de la mujer que intentaba esconderse.

—¡Una esclava! —gimió Antonia.

Aquella criatura temerosa, aquella esclava que al fin y al cabo no era circasiana, sino, como se supo luego, una georgiana de origen bastante noble, estaba hecha un ovillo tratando de ocultar su túnica. Francisco se colocó disimuladamente junto a los tablones y le obsequió la mitad de su sandía; entonces la escuchó sorber el jugo de la fruta y, por un instante, tuvo el desesperado impulso de salvarla. Pero enseguida se contuvo. Era una locura que podía costarle caro. No sólo le estaba prohibido protegerla, sino que, aun en caso de que hubiera querido comprarla, tampoco se lo habrían permitido por su condición de *giaur*. Con cautela se dio la vuelta y la miró de frente: entonces lo deslumbró aquel rostro, los ojos puros y afligidos, la nariz pronunciada de todas las mujeres de su raza, y la sonrisa aún empapada de jugo de sandía.

Por el sendero encharcado que serpenteaba entre los quioscos se abarrotaba un gentío vociferante y distraído, y Francisco le hizo una seña a su genízaro, que se afanaba pelando una naranja, para que lo siguiera. Ambos echaron a caminar, y no bien se alejaron unos pasos, él sintió detrás aquella presencia suave de animal huido. Observó, de reojo, el ondeo de oriflama de la túnica blanca y aceleró el paso. Dejó atrás los puestos de fruta, el hedor carnicero de las tenerías y los chirriantes comercios de los ebanistas. Constantinopla, pensó, era como una cáscara dorada que encerraba el corazón podrido por la peste; era como un malsano laberinto sólo accesible para los iniciados. Nadie que no hubiera crecido en esas callejuelas, recorridas libremente por las ratas y por el hedor milenario de tantas existencias, superpuestas unas sobre los detritos de otras, podía escaparse de su garra. Por eso lo sacudió una angustia ciega cuando sintió el quejido amargo de la esclava. Se volvió rápidamente y sólo distinguió un celaje blanco que pasó en dirección al desembarcadero. Había sido descubierta, y una turba de hombres y mujeres, a la que se sumaron los chiquillos ociosos que deambulaban por la ciudad, la perseguía lanzándole piedras e improperios. Cuando por fin le dieron alcance, la esclava lanzó un aullido y trató de defenderse con uñas y dientes. Francisco creyó distinguir, a lo lejos, unos harapos aleteantes, y cuando ya la traían de regreso, alcanzó a verle una vez más el rostro ensangrentado y bañado en lágrimas; la desdicha infinita de esos ojos vencidos que se apagaban a sí mismos en su punzante negritud. Ella también lo vio, y en medio de la confusión, a despecho del dolor que le provocaban las amarras y los empujones, sacó valor para intentar una media sonrisa, un pequeño rictus de fiera agradecida.

Teresa y Antonia habían quedado mudas y el resto de los invitados suspiró para alejar las últimas imágenes.

—Voy a subir por mi guitarra —musitó Antonia al cabo de un rato, y escapó del salón.

Sólo entonces, Francisco se concedió una tregua en el recuerdo de aquella esclava fugitiva. A su lado, Alexander Viazemski comentaba con el príncipe Dolgoruki los detalles del inminente arribo del Adelantado de Catalina II. En el momento menos pensado les avisarían que Potemkin se hallaba a las puertas de la ciudad, y todo tenía que estar a punto para recibirlo: el alojamiento y las ceremonias de bienvenida, los informes sobre la situación del puerto y una relación del movimiento de naves, especialmente turcas, por el mar Negro. El día anterior, paseando por los terraplenes de la fortaleza, Francisco había sido invitado a echar un vistazo a la residencia que se le preparaba al Adelantado, también llamado Príncipe de Táurida. El edificio estaba pobremente decorado y un comerciante inglés que lo acompañó en el recorrido le explicó que el feldmariscal no solía pagarles bien a los artesanos, y que por lo tanto el gremio le sacaba el cuerpo.

Antonia reapareció con la guitarra y anunció que tocaría una vieja *canzonetta* italiana.

—Tal vez el coronel Miranda la conozca.

Comenzó a tocar y él se acercó para escucharla. No, no conocía aquella vieja *canzonetta*, pero admiraba la fruición con que Antonia se abrazaba al instrumento; la delicadeza con que tañía aquellas cuerdas y la expresión arrobada de sus ojos mientras cantaba con una voz pequeña y ronca. Nunca supo si fue el vino, o la roseta nacarada de la guitarra que refulgía bajo el resplandor de los candelabros; lo cierto es que aquella canción lo conmovió a tal punto que, cuando Antonia la dio por terminada, él no aplaudió como los otros, ni siquiera la felicitó. Balbuceó unos comentarios sobre el origen de la melodía y Antonia le explicó que había sido compuesta casi un siglo atrás por el italiano Gasparini, y que se la había enseñado a tocar una monja florentina que vivía en La Habana y que pasaba por ser hija natural de aquel compositor. Francisco recobró su natural aplomo y examinó la guitarra. Su mano, al recorrer el lomo de la caja, tropezó con la mano de Antonia y la retuvo un instante. Ella apretó los labios y levantó la vista. Los demás estaban tan entretenidos en la discusión de un nuevo asunto en torno a la visita de Potemkin, que no repararon en la maniobra. Así que Antonia no hizo nada por retirar su mano, y fue el otro quien retiró la suya, alzando al mismo tiempo la guitarra y examinando la inscripción que aparecía en el fondo: era la primera vez que veía una guitarra fabricada por Stradivarius.

—Es un regalo de mi padre —le explicó Antonia, sin prestarle demasiada atención al fabricante.

Viazemski interrumpió el coloquio para hacerle una petición a su invitado: ya que él acababa de llegar de Turquía y conocía, mejor que dragomán alguno, los recovecos y misterios de Constantinopla, tal vez podría diseñarle una ruta o acaso escribirle unas notas que lo ilustraran en el viaje que planeaba emprender en breve por aquellas tierras. Francisco no sólo accedió, sino que prometió entregarle unas cartas de recomendación para sus amigos de Pera.

—Y sobre todo, le sugiero que recorra la ciudad sin miedo. Conozco gente que ha vivido más de diez años en Pera y aún no ha puesto un pie en Constantinopla. Me imagino que los viajeros, al llegar allí, toman por mentor y guía a un dragomán que tampoco sabe gran cosa, y con esa pobre información se marchan de Turquía, presumiendo de haberla conocido.

—Si usted lo recomienda —sonrió Viazemski—, recorreremos la ciudad.

Teresa, sentada junto a la princesa Dolgoruki, se dio la vuelta abruptamente y abrió los ojos a su marido:

—Conmigo no cuentes. No quiero que me muerdan los perros, ni que me tomen por esclava, ni mucho menos que me arrastren como a una cíngara y me obliguen a arrodillarme ante el Gran Señor.

—Esas cosas no ocurren más que en las pesadillas de la princesa Ghika —aseguró Viazemski—. La pobre sigue obsesionada con Turquía.

No era para menos, explicó Teresa. El marido de Ghika, un príncipe de Valaquia y Moldavia, había muerto envenenado en Constantinopla. La Emperatriz le había asignado a la viuda una pensión de dos mil rublos y, a partir de ese momento, ella se trasladó a San Petersburgo. Luego mandó construir una casa en Cherson y pasaba largas temporadas en ella. Era una mujer enérgica, cuya edad era motivo de especulación, quizá debido a su misterioso aspecto, lo que incluía un dedil de seda, generalmente negro, que usaba siempre en el dedo anular de la mano derecha.

—Dicen que le falta ese dedo porque se lo comió una rata —intervino la princesa Dolgoruki.

—Si vivió en Constantinopla —remató Francisco—, no me extraña que algo así le haya ocurrido.

A falta de mejores víveres, las ratas a menudo atacaban a los viandantes, y la amenaza de la peste los rondaba a todos como rondaba el aire. Algunas calles se volvían intransitables a consecuencia de los charcos de agua pútrida y la basura acumulada por doquier, pero el viajero quedaba compensado por los tibios senderos de cipreses que conducían a las mezquitas, los mágicos tejados llenos de pájaros azules, y las fuentes diseminadas por toda la ciudad, atendidas por amables fontaneros que distribuían el agua a todo el que quisiera beber.

—Lo ha dicho Ghika —recordó Antonia—, que en el verano sirven el agua con la nieve que bajan del Olimpia.

No todo era cruel y sucio en Turquía, resumió Francisco. A él le había sucedido que, luego de tomar un caique para trasladarse por el canal, aquel caiquero nunca lo olvidaba, y no había ocasión en que lo encontrara por la calle que no viniera a saludarlo. En Pera le habían asegurado que cada vez que empleaban a un turco para hacer cualquier trabajo en la casa, aquel hombre no olvidaba jamás a la familia y solía acercarse, al menos una vez a la semana, para preguntar por la salud de sus patrones.

—Pues Ghika lo que más lamenta es haber empleado a tanto turco. Dice que son muy traicioneros.

A Francisco lo empezó a intrigar la figura de aquella viuda enigmática que, desde su abrigado refugio de Cherson, se dedicaba a rumiar las vicisitudes padecidas, y Antonia se ofreció para presentarle a la vieja princesa, que vivía en el otro extremo de la ciudad, dentro de los terrenos de la fortaleza. Decidieron ir al día siguiente, después del desayuno, y Viazemski se adelantó para ofrecerles su carruaje.

Cuando se retiraron, cerca de la medianoche, Antonia sintió que empeoraba el dolor de muelas que la había atormentado durante toda la tarde. Pidió a su criada que le preparara un ponche y le subiera una botella de agua caliente, que estuvo apretando contra su mejilla hasta que se quedó dormida. A la mañana siguiente se despertó más aliviada y recordó que había soñado que huía por las calles de Constantinopla perseguida por una turba de desarrapados. Se miró al espejo: estaba pálida y aún tenía la mejilla hinchada. Pero escogió un vestido alegre, se adecentó el cabello y bajó a desayunar.

Francisco no estaba en la casa. Los criados le informaron que había desayunado al amanecer y había partido con el edecán del príncipe. Antonia tragó en seco y permaneció sola en la mesa, removiendo largamente el té, luego salió del comedor y deambuló un rato por la casa. Teresa aún dormía y Viazemski seguramente se había encerrado ya en su gabinete. Lo más sensato era volver a su habitación, ponerse una ropa más cómoda y calzarse las babuchas de lana. Iba subiendo cuando escuchó fuertes pisadas y el apremio rotundo con que alguien pronunciaba su nombre. Entonces lo divisó al pie de la escalera.

—¿Nos vamos ya?

Ella no tartamudeó, ni siquiera vaciló en echarle en cara su tardanza:

—Llevo toda la mañana esperándolo.

Ordenó que le trajeran su sombrero y el manguito de chinchilla, y una vez que se acomodaron dentro del carruaje, Francisco admitió que se había entretenido visitando los regimientos acampados en los alrededores de Cherson. Antonia sólo los había visto de lejos, porque Viazemski les tenía prohibido, a ella y a Teresa, que se aventuraran solas por aquellos parajes.

—Pues no sabes lo que te has perdido —se admiró él, agregando que un regimiento ruso era como un pequeño pueblo, que podía moverse a todas partes, por si solo, sin requerir ningún servicio afuera. Según llegaban los reclutas se les asignaba un oficio, y así tenían sus propios sastres, sus músicos y sus herreros.

—Me gustaría saber quién los enseña —inquirió ella, las manos trémulas dentro de la chinchilla.

—El mejor profesor del mundo —repuso Francisco—, ¡el palo limpio sobre las costillas!

Antonia no estaba segura de que hablara en serio, pero nadie en Cherson ignoraba que las palizas y los azotes eran moneda común en aquellos campamentos. Ella misma lo había podido constatar, con ocasión de visitar el hospital junto a su prima; muchos de los hombres no convalecían de enfermedad, sino de los golpes que les propinaban por sus faltas. Un año antes, Teresa prometió llevarles alimentos y golosinas a los enfermos, si el príncipe se salvaba de unas fiebres que lo habían postrado en cama durante varios días. Cuando llegó el momento de cumplir la promesa, Antonia estaba recién llegada a Cherson y acompañó a su prima al hospital. Caminaron entre las colchonetas de paja, repartiendo los dulces y rezando oraciones ante los casos más desesperados, y regresaron a la casa totalmente abatidas, enfermas de tristeza y asco, agobiadas por el hedor a encierro y podredumbre que llenaba aquel lugar.

Ahora Francisco le contaba también del hospital, le hablaba sin remilgos de los soldados desquiciados por el gálico; de los que yacían chupados por el escorbuto; de los que no lograban escapar a las feroces mordeduras del mal de Crimea. También él había salido de allí con un sabor amargo en la garganta, no sabía si por la miseria y el dolor que había visto de cerca, o por el hecho de haber almorzado con las tropas, por la simple curiosidad de averiguar qué era lo que comían: un pedazo de pan negro, agrio, y unas coles frías, sobre las que rociaban, por todo aderezo, unas gotas de vinagre.

—No es tan malo el sabor del vinagre —musitó Antonia, y enseguida se arrepintió de haberlo dicho.

Francisco inclinó la cabeza y la miró a los ojos:

—¿Crees que no?

Ella intuyó vagamente lo que pasaría un instante después. Lo intuyó y lo deseó al mismo tiempo. Y su desilusión no tuvo límites cuando el otro, dando un repentino giro, levantó la cortina de la ventanilla y tornó a mirar a la calle. Una oleada de calor y de rabia le invadió la cara, apretó las manos dentro del mullido entorno de la chinchilla y volvió los ojos hacia su propia ventana cerrada. Así pasaron unos minutos, no sabía cuántos, y sólo cuando el cochero les avisó que habían llegado a la casa de la princesa Ghika, Francisco se volvió a mirarla.

—Tienes mala cara, Antonia.

Ella apretó los labios y, al incorporarse para bajar del coche, no pudo reprimir un gesto de dolor. Se llevó la mano a la mejilla y la frotó con disimulo.

—Es una muela, ¿no es eso?... Se alivia haciendo buches de agua alcanforada.

Ella negó con la cabeza y aseguró que pronto se le pasaría, que se trataba de una pequeña punzada, causada sin duda por el frío. Fuera del coche, él le ofreció el brazo y caminaron con dificultad sobre el barro helado, un sendero difícil que concluía junto a la enorme puerta de castaño labrado. Antes de llamar, Francisco la atrajo a su lado y la besó de refilón, dejando un rastro de humedad que iba desde la boca hasta la oreja. Antonia miró a su alrededor, pero el puñado de transeúntes que pasaba en aquel momento sólo parecía enfrascado en salir sin muchos contratiempos del gachapero que lo inundaba todo.

Tocaron a la puerta, y el único aldabonazo se repitió

en un eco doble que fue y volvió de los confines de la casa. Hubo una pausa, una pequeña espera al cabo de la cual, sin el menor chirriar de goznes, sin descorrer pestillos, con la silente suavidad de un sueño, se les abrió la puerta a un universo glauco y oloroso a sándalo.

Les oreilles les plus fines pas toujours celles qui écoutent le mieux.

(Las orejas más finas no son siempre las que escuchan mejor.)

Johann Kaspar Lavater

Un anciano criado de librea les franqueó la entrada y enseguida se disculpó para ponerse a estornudar. Hacía más de tres años que la princesa Ghika, previa dispensa del príncipe Potemkin, había mandado construir aquella casa, ubicada en una pequeña colina frente a los terraplenes de la fortaleza, con una vista algodonada y pálida sobre los jardines, el arsenal y la ciudad. El interior era bastante lúgubre, con columnas de pórfido y aposentos helados, y un silencio opresivo, tan denso como la piedra misma.

El criado, que se había ausentado para anunciarlos, reapareció sonándose la nariz. A duras penas, entre toses y carraspeos, les informó que la princesa Ghika los esperaba. A continuación los condujo por un pasillo apenumbrado y mustio, de paredes desnudas y pisos cubiertos por esteras de mimbre. Cuando pasaron por el comedor, oyeron crepitar los palitos de sándalo en la chimenea. Antonia se detuvo un instante y aspiró con fuerza.

—Por aquí, por aquí —se impacientó el criado—, hagan el favor de continuar.

Siguieron tras él, hasta que se detuvo frente a una puerta angosta, de las que comúnmente dan a un pasadizo. Antonia sabía, sin embargo, que detrás no había pasadizo alguno. El viejo abrió la puerta sin hacer ningún ruido y con una seña les pidió que pasaran. El interior de aquella pieza estaba bastante más iluminado que el resto de la casa, pero la luz, allí, era de un amarillo opaco. Cada rincón estaba abarrotado de muebles, zofras y otros ornamentos, y Francisco se detuvo a mirar un iconostasio en miniatura, cuyas puertecitas entreabiertas revelaban un universo inesperado y sutil, compuesto de budas de alabastro, diminutos sables de marfil, y una media docena de jarroncitos idénticos, recostados contra las muy envejecidas almohadillas de satén.

—Es mi pequeño pabellón chino —oyeron decir a una voz aflautada, casi tan triste y pedregosa como la de un fantasma.

Antonia reconoció la silueta de Ghika, su enorme cofia de muselina recortada contra la luz de la ventana. Fue hacia ella y se inclinó para hablarle.

—Le mandé aviso de que traería conmigo al coronel Francisco de Miranda, que es de Venezuela y se está hospedando en nuestra casa.

Francisco también se adelantó, Ghika le tendió la mano y él simuló que la besaba leve, rozándola apenas con los labios.

—¿Coronel, dice? ¿De qué ejército?

—Del español, señora.

Ghika hizo una mueca y Antonia se apresuró a cambiar de tema. Francisco acababa de llegar de Turquía, se había hospedado en una pensión de Pera y había asistido a incontables veladas en las casas de Suecia, de Venecia, de Nápoles. Traía noticias frescas de Constantinopla, ciudad que recorrió de arriba abajo, visitando las mezquitas, paseándose en caique alrededor de las murallas y aventurándose, incluso, al interior de la Casa de Fieras, un abominable subterráneo, tan oscuro y mal entretenido, que no era raro que algún visitante saliera herido de un zarpazo.

—Conozco bien ese lugar —afirmó Ghika sin hacer demasiado caso del recuento de Antonia, y a continuación, mirando a Francisco, añadió—: ¿Sabe por qué me fui de Constantinopla?

El otro no vaciló:

—Me dijeron que enviudó.

—Pero no me fui por eso —declaró la anciana—. Jamás hubiera abandonado un lugar que amaba tanto por el simple hecho de que envenenaran a mi marido. Si las viudas y los huérfanos de todos los hombres envenenados en Turquía se fueran del país, las ciudades se quedarían vacías.

Tanto Francisco como Antonia permanecían de pie. Ghika tuvo un ligero sobresalto y se llevó la mano a la frente:

—Qué distracción la mía..., ni siquiera los he invitado a sentarse.

Se incorporó con cierta dificultad y les pidió que la acompañaran al otro lado de la habitación, hacia un rincón más abrigado, donde se diluía apenas aquella luz sedosa que entraba por la única ventana. Luego los invitó a sentarse en dos butacas, y ella se reclinó sobre un sofá. El criado, sin dejar de carraspear, había vuelto para ofrecerles té, y Francisco y Antonia aguardaron en silencio a que Ghika retomara el hilo de la conversación.

—No me fui por lo de mi marido —prosiguió al fin—.

Tuve que hacerlo por algo mucho más grave: a mí también intentaron matarme.

A pesar del poco tiempo que llevaba en Rusia, Antonia había estado muchas veces en aquella casa. A los pocos días de haber llegado a Cherson, en el curso de una de las meriendas que solía organizar su prima, coincidió con la princesa Ghika, y desde entonces se aficionó a escucharla. Sin embargo, Ghika nunca le había dicho los motivos por los que abandonó Constantinopla, y a todos parecía suficiente que, después de perder a su marido, hubiera deseado marcharse de la ciudad.

—Me dieron arsénico y sobreviví. Pero la orden de liquidarme nada tuvo que ver con los asesinos de mi marido. Esa orden provino del Viejo Serrallo.

A Francisco le pareció que un fino rayo de demencia había cruzado por los ojos azules de la mujer. Reparó en el dedil de seda que llevaba en la mano derecha y tornó a escucharla.

—A mi marido, que cada vez tenía más influencia y amigos entre los grandes del Imperio, lo mataron asesinos a sueldo, contratados por un hospodar venido a menos, cuyo nombre no quiero repetir. Al verme viuda, quedó el camino abierto para que cierta dama, antigua kadín de Mustafá III, se tomara la venganza que había estado madurando en sus años de encierro.

Antonia miró con disimulo a Francisco y vio en sus ojos la misma duda que abrigaba ella. Nunca se había expresado Ghika en términos tan extravagantes sobre su viudez y posterior salida de Turquía. Gustaba, eso sí, de fantasear con lo que había sido su vida en esa época, pero jamás había llegado tan lejos.

—Mi historia con aquel señor, con Mustafá quiero

decir, es la historia de sólo tres encuentros..., tres abrazos que me valieron un fabuloso tembleque de esmeraldas. Pero hace tiempo lo vendí. Con el dinero que me dieron construí esta casa.

Habló entonces de sus hijas. La mayor se había casado con el marqués Marucci y le había dado tres nietos. Ghika se incorporó y cogió de una mesa el retrato de esa beldad distante que Francisco observó con ironía: tenía los mismos ojos marítimos y crudos de la madre, pero las facciones, mucho más finas, parecían calcadas de las de cierta Virgen de las Rocas que él había visto en Italia. En el cuello largo y arqueado de cisne adulto refulgía un collar de ágatas sardas, y los cabellos rojizos estaban recogidos dentro de una redecilla.

—Es sólo una pintura —advirtió Ghika—. En persona es mucho más hermosa.

De pronto se dirigió a Francisco y le preguntó a quemarropa qué hacía un venezolano tan lejos de su tierra.

—Viajo por instruirme —dijo él.

—Me lo imagino —suspiró ella—, no es mucha la instrucción que reciben ustedes en el ejército.

Antonia enrojeció y bajó la vista avergonzada. Francisco se echó a reír.

—¿Por qué lo dice?

—Por muchas cosas y por ninguna en particular —recalcó la anciana.

No quería ofenderlo, se notaba que era una persona culta y de buen trato. Pero había conocido decenas de oficiales españoles que jamás se conducían como tales. Y no era sólo su opinión, que al fin y al cabo era mujer de otra época, sino la idea que tenía casi todo el mundo en Rusia y en Turquía. ¿No se había fijado en el alto número de deserciones que se producían entre los marineros españoles que desembarcaban en Constantinopla? Allá se convertían en mahometanos o judíos, según su conveniencia, y abandonaban las embarcaciones en las que habían llegado.

El rumbo de la conversación la empujaba por derroteros un poco más lúcidos. Así por lo menos lo percibió Antonia, que oyó con beneplácito la larga perorata que soltó su vieja amiga acerca de las intrigas del Serrallo, la brutalidad de las tropas genízaras y el debilitamiento del Imperio. Francisco aludió a un libro turco sobre estrategia militar que había estado leyendo por aquellos días, y recordó que el autor se lamentaba de que, por ignorar esa maravillosa ciencia que es la táctica, un ejército invencible de verdaderos creyentes hubiera sido derrotado por esa vil y despreciable raza de cristianos. Ghika se irguió en el sofá:

—¿Habla del libro de Ibrahim Effendi? —presumió, soltando risitas—. Mi marido, poco antes de morir, tuvo la oportunidad de preguntarle al autor si no le parecía una contradicción que esa raza despreciable hubiera sido al mismo tiempo la inventora de una ciencia maravillosa.

Francisco asintió, Ghika lo sintió cómplice y ordenó que les trajeran una botella de licor de Pera para brindar por la salud de los amigos que permanecían en aquella parte de la ciudad. Cuando ya se retiraban, ella insistió en acompañarlos. Se envolvió en una capa de terciopelo azul y caminó apoyada del brazo de Francisco. El criado les abrió la puerta y los tres salieron al exterior. Un viento helado soplaba desde el mar Negro y unos espesos nubarrones flotaban casi a ras de la ciudad.

—Y pensar —suspiró Ghika— que la primera vez que

vine a Cherson, en el año ochenta, había tan sólo unas pocas chozas de pescadores y una barraca con militares. Pero ya me imaginaba que esta ciudad iba a prosperar, que con el tiempo se convertiría en una plaza importante.

Francisco le tomó la mano donde languidecía el anular defenestrado.

—Me disculpan si estuve inoportuna —recitó Ghika en un tono muy suave—. Pierdo la cabeza cuando me acuerdo de Constantinopla.

Antonia la miró complacida. Aquella era la Ghika reposada y discreta que a ella le encantaba.

—Todos perdemos la cabeza por algo de vez en cuando —se aprovechó Francisco y le hizo un guiño.

Ghika, entusiasmada, colocó su mano frente al rostro del venezolano.

—Aunque a lo mejor no es sólo por Constantinopla. ¿Ve este dedo? Suelo decirles a mis nietos que me lo devoró un tigre, eso es lo que creen también algunas amigas. Pero este dedo, en realidad, se me quemó en París, cuando era joven. Fui con una prima donde el abate Nollet para que nos electrizara. ¿Oyó hablar de Nollet? Era la moda entonces, casi me destroza la mano. Después dijo que fue un accidente, yo creo que me lo quemó a posta, estaba harto de las niñas idiotas que iban a darse chispazos para lucir más encarnadas.

Escondió la mano bajo la capa.

—Desde entonces, cuando se avecina una tormenta, sucede que me despisto, se me suelta la lengua, hablo alguna que otra tontería.

Con las nubes, había descendido también sobre Cherson una bruma sucia y cerrada. Antonia y Francisco se despidieron de la princesa Ghika y subieron al carruaje, que atravesó sin dificultad los terraplenes de la fortaleza y luego se internó, con bastante más esfuerzo, en los caminos enfangados que conducían a la ciudad.

La visita a esa mujer, en cierto modo, los había liberado de un gran peso. Y fue con esa sensación de libertad, protegidos por la penumbra y el calor de la berlina, con la que se lanzaron a la vez uno hacia el otro, se lamieron los despavoridos labios, se abrazaron durante largo tiempo.

Ne dévances jamais ton bon ange...

(No te adelantes nunca a tu buen ángel.)

Johann Kaspar Lavater

Pedro de Macanaz agitó la salvadera sobre las líneas recién escritas y dejó que los polvos secaran el exceso de tinta. Luego colocó la hoja bajo la luz de una lámpara y la observó, primero, en su conjunto: los márgenes cuidados, la letra espesa y uniforme, las mayúsculas floridas, como se las enseñaran a trazar los jesuitas. Examinó cada palabra y leyó el texto con delectación:

«Señor Don Francisco de Miranda.
»Muy señor mío,
»Enterado de que Vm. se ha presentado en esta corte con el título de conde de Miranda, al servicio del Rey, mi amo, en el grado de teniente coronel, me es indispensable el exigir a Vm. la patente o instrumento que lo acredite, previniéndole de que, de no hacerlo así, procederé contra Vm. a fin de que no haga uso de dicho uniforme».

Directa, enérgica, concisa. Todavía la mandaría a copiar otras tres veces; dos de esas copias se enviarían a España y

55

la tercera se quedaría en sus archivos. Volvió a leerla. Ya era capaz de recitarla de memoria.

No tenía la menor idea de cuál era el aspecto que tenía Miranda. Joven, sí, debía de serlo: treinta o treinta y cinco años. Moreno de piel, como que el padre era un canario medio guanche. Y arrogante, con toda certeza. Uno de esos criollos con aire de perdonavidas, que siempre se las arreglan para salir con bien de sus andadas. Enredador, mujeriego, mentiroso empedernido. Ni conde ni coronel: capitán degradado del ejército español, condenado encima de eso como a diez años de prisión. Esa era la perla caraqueña que los aristócratas de Cherson estaban recibiendo en sus casas, permitiéndole que se codeara con sus mujeres y sus hijas. Un bandolero impenitente, un vividor que si a esas horas no se estaba pudriendo en una cárcel de África era sólo porque el general Cajigal, criollo también al fin y al cabo, lo había estado protegiendo y ocultando.

Macanaz rebuscó en el cartapacio verde sobre su escritorio. Sacó la nota amarillenta de un ejemplar del *Morning Chronicle* que guardaba desde el año anterior.

«Nos consta a ciencia cierta que actualmente se encuentra en Londres un notable hispanoamericano, hombre que goza de la confianza de sus conciudadanos, que tiene el propósito de conquistar para sí la gloria de ser libertador de su tierra natal. Es un hombre de ideas excelsas y hondos conocimientos, domina lenguas antiguas y contemporáneas, erudito y con una gran experiencia de la vida. Ha dedicado muchos años al estudio de los problemas políticos...»

Negó con la cabeza y resopló el aliento del caldo de gazapos que había almorzado una hora antes. A contrabandear, se dijo entre dientes, a eso se dedicaba el tal Miranda; a defraudar al gobierno español haciendo tratos ilegales con los aventureros ingleses de la Jamaica; a pasarle información confidencial al enemigo, como cuando le mostró al general Campbell las defensas de la fortaleza del Príncipe, en La Habana.

«Este caballero, luego de recorrer todas las provincias de Norteamérica, ha llegado a Inglaterra, que considera patria de la libertad y escuela de ciencias políticas... Nosotros rendimos homenaje a su talento, respetamos sus méritos y cordialmente le deseamos éxito en su empresa, la más noble a la que puede consagrarse un hombre: colmar a millones de conciudadanos suyos con el bien de la libertad.»

Una criada entró para anunciar que había llegado el caballero que estaba esperando. Macanaz dijo que lo hiciera pasar, y a poco se abrió la puerta y apareció un hombre de aspecto suave, con la peluca gris muy empolvada y la levita roja ribeteada en oro. Se saludaron y el recién llegado se acomodó en una butaca, apretando entre las manos un portafolio de piel oscura y aromática.

Durante varios minutos estuvieron revisando sus respectivos papeles sin cruzarse una sola palabra, luego Macanaz le extendió el recorte del *Morning Chronicle,* junto con la carta que acababa de escribir y un documento confidencial remitido desde Madrid. El hombre lo examinaba todo en silencio, moviendo apenas la cabeza y deteniéndose de vez en cuando para releer algún pasaje. Al cabo de un rato, le extendió sus propias notas a Macanaz, quien las leyó con evidente esfuerzo. La vista le había estado fallando durante los últimos meses, pero de unos días a esta parte se le hacía casi imposible desentrañar la maraña de abreviaturas, rabos y borrones de los escritos oficiales. En resumen: necesitaba unos buenos cristales.

—Yo en su lugar —dijo el hombre, mirándolo a los ojos—, no le enviaría esa carta a Miranda.

Macanaz sintió una oleada de vergüenza. La satisfacción que había experimentado escribiendo aquellas líneas, la diligencia con que proyectaba su envío, mediante un correo especial a Cherson, habían quedado truncas. ¿Por qué no debía mandarla? ¿Por qué no exigirle a ese delincuente que mostrara las credenciales que no tenía y así desenmascararlo de una vez por todas delante de los rusos?

El hombre dejó a un lado su portafolio y se inclinó sobre el escritorio:

—Por una razón muy sencilla —le espetó irónicamente a Macanaz—, para no ponerlo sobre aviso.

Ni Miranda, ni sus amigos rusos, ni nadie en San Petersburgo ni en Cherson debía conocer ese trasiego de informes y mensajes. El plan ya estaba en marcha y cualquier indiscreción, cualquier palabra inoportuna, cuanto más una carta en esos términos, podía arruinarlo todo. Además, añadió con sorna, no había que ser ingenuo. A los rusos les daba igual que Miranda en vez de conde fuera palafrenero. Lo que les importaba era tener a buen resguardo aquella ficha que podían jugarse en cualquier momento contra España. Miranda se quedaría en Cherson, esperando allí la llegada de Potemkin. Era en Cherson donde debían atajarlo.

Macanaz llamó a la criada y le ordenó que les trajera del licor que le acababa de llegar de España. A la oleada de vergüenza había seguido un estremecimiento de cólera. Cólera contra aquel hombre que lo llamaba ingenuo; contra una cacería que poco a poco se le estaba yendo de las manos y en la que participaba cada vez más gente, con la que luego, lógicamente, habría que compartir laureles.

—Es caña de hierbas —dijo extendiéndole un vaso al visitante—, caña pura de Galicia.

Trataba de disimular su ira y la incomodidad que le causaba la presencia de aquel intruso. Un oscuro asistente del ministro madrileño en Estocolmo. Un diplomático de segundo rango, o ni siquiera eso.

—Tiene un regusto a anís —observó el hombre.

Macanaz asintió y saboreó la bebida mientras iba midiendo sus próximos pasos. Lo que nadie podría arrebatarle —ni siquiera este hombre de apariencia blanda, pero que de seguro tenía más garra que vergüenza— era el privilegio de acompañar él mismo al prisionero en el viaje que lo devolvería a España. Sirvió una nueva ronda de aguardiente y se dispuso a detallar al visitante las últimas noticias comunicadas por el señor Fabré, su informante en Cherson. A Miranda, dijo entonces, se le había visto por las calles de aquella plaza paseando con una muchacha española, prima de la princesa Viazemski, en cuya casa se estaba hospedando. En lo que concernía al príncipe, había que descartar cualquier ayuda. Pero su mujer era sobrina del conde Alejandro O'Reilly, y esa primita de su mujer, sobre la que Miranda había caído cual ave de rapiña, era la hija de un español cabal, un acaudalado comerciante de La Habana, más fiel a la Corona que a su propia vida.

Mientras Macanaz hablaba, el hombre extrajo pluma y papel del portafolio y, utilizando el tintero que estaba sobre la mesa, comenzó a tomar nota. Ya sabía que Teresa Viazemski era española. Pero desconocía la existencia de aquella otra mujer que, al parecer, había hecho buenas migas con Miranda.

—De Salis —reveló Macanaz—. Se llama Antonia de Salis.

Según le habían contado, no era lo que se decía una belleza, pero tenía el frescor de sus poquitos años —y al decir esto, se pasó la punta de la lengua entre los labios— y la picardía de las andaluzas. Había visto morir a la madre en un naufragio, del que ella misma había salido muy maltrecha, y el padre la había mandado a Rusia para que se repusiera de la pena que le produjo aquel suceso. No sabía el pobre viejo, tan lejos, allá en Cuba, con qué malas compañías se estaba confortando aquella niña. Ni siquiera el recio conde O'Reilly podía sospechar que en la casa de su propia sobrina, Teresa Viazemski, se estaba alojando el traidor que se le atravesara ya una vez, con su insolencia y zorrería, en la ciudad de Cádiz.

El hombre recogió los papeles y encargó a Macanaz que le concertara una cita urgente con su informante en Cherson.

—Lo siento —respondió Macanaz—. Fabré acaba de salir de la ciudad.

—Haga que vuelva —insistió el otro con dureza.

Macanaz tragó en seco. Comprendió que aquel hombre no le iba a dar tregua: ya le había advertido que planeaba quedarse en San Petersburgo, dándole los toques finales a un proyecto que consideraba bastante seguro. De ahora en adelante, ni una frase, ni un solo comentario sobre Miranda. La llegada de Potemkin a Cherson era inminente y había que aprovechar su presencia en esa plaza para asestar el golpe. Le demostrarían a la Emperatriz que a los españoles no les importaba actuar en las propias narices de su Favorito, si de eso dependía la tranquilidad de la corte y el buen nombre de la justicia.

—Recuerde que ese tuerto ya no es precisamente el Favorito —recalcó Macanaz.

—Potemkin siempre será el Favorito —sentenció el hombre, paladeando las palabras como si fueran confituras.

Habían abusado de la caña de hierbas y Macanaz tenía un destello acuoso en la mirada. Pero el otro estaba peor. Las pupilas le chispeaban como gemas, y cuando al fin se levantó para marcharse, dio un breve giro sobre sí mismo y se detuvo para tomar aliento. Macanaz lo observó de arriba abajo, contento de verlo vulnerable, y le dirigió una última frase:

—En estos meses, con estos fríos tan húmedos, hay que echarle leña al fuego de vez en cuando.

—Ya sabe dónde me alojo —repuso el otro—. Avíseme cuando tenga lista la reunión.

Macanaz lo acompañó hasta el salón y allí esperó a que la criada le devolviera capa y tricornio. Luego lo vio partir con cierto desconsuelo. Había considerado el asunto de Miranda como cosa suya, y ahora, que desde Madrid le imponían un colaborador en la gestión de apresarlo, sentía como si le estuvieran arrebatando algo que ya se había ganado. Por supuesto que mandaría un correo urgente con la encomienda de traer a Fabré. Pero transcurrirían muchos días antes de que su informante regresara. Le daba, pues, bastante tiempo para elaborar él también algún proyecto que pudiera competir con el de aquel advenedizo. Y para ello contrataría los servicios de un hombre famoso en San Petersburgo por su habilidad para el clandestinaje, y por la pulcritud con la que remataba sus trabajos. Ordenó a la criada que previniera al cochero, tenían que salir de inmediato.

Unos minutos después se arrellanaba en el interior del coche y descorría la cortinita de terciopelo negro para disfrutar tranquilamente del paisaje. Hacía días que no nevaba, pero una fina capa de hielo se cuajaba ya en la superficie del Moika, y las primeras palomas muertas de la temporada eran barridas por los criados a las puertas de los palacios. Bajo los calces del cupé, pronto empezó a crujir la multitud de astillas, piedrecitas y esquirlas de yeso que auguraban la cercanía del Ermitage. Porque lo del Ermitage, se dijo, era como el cuento de nunca acabar. Cientos de soldados se afanaban sobre las mezclas, repechaban las paredes o empujaban carretillas repletas de ladrillo y argamasa; los más fornidos trabajaban en pareja, alzando los capachos llenos a reventar, o transportando las enormes planchas de mármol italiano, los bloques de jaspe verde de Altái y los nobles peñones de aquel fulgurante cuarzo rosado que extraían de los Urales. Por todas partes, cuadrillas de peones paleaban el ripio y amontonaban vigas y tablones de castaño, mientras los artesanos, venidos de todas las ciudades, improvisaban sus talleres en barracas y escogían a los aprendices, cada vez más numerosos, de entre los mismos miembros de aquellas huestes desaforadas que, en tanto no tuvieran otra guerra, se contentaban con aprender el arte fatigoso de la imbricación, o los secretos y riesgos de una buena encostradura.

El cochero se bajó para admirar junto a su amo el magnífico espectáculo de una ciudad que maduraba en orden. Ambos, a un tiempo, fijaron la vista en un hombre desmelenado y con ojos de loco, que se cubría la mitad de la cara con un pañuelo y gritaba las órdenes en italiano, gesticulando como simio frente a los capataces. Giacomo Quarenghi, en pleno delirio, trepaba por la ramazón de los andamios, resbalaba y recuperaba a último momento el equilibrio, blasfemaba y se mesaba los cabellos, encanecidos por la cal, y finalmente, apoyado contra el intercolumnio, denunciaba a voz en cuello la imperfección de una voluta que alguien debía remodelar sin más demora, so pena de recibir «una veintena de palos y una buena patada por el culo».

Macanaz ya había coincidido con Quarenghi durante una visita de cortesía que los diplomáticos borbónicos giraran al Palacio de Mármol. Allí, en el Gran Salón de los Recibimientos, rodeado por los bajorrelieves de madera flamencos y los bustos de los hermanos Orlov, el italiano había preferido tumbarse en el suelo y examinar, por enésima vez desde esa perspectiva, los frescos del techo y los perfiles del artesonado, de modo que nadie se atrevió a interrumpirlo, siquiera para presentarle a los recién llegados. En aquella ocasión llevaba atado al cuello el mismo pañuelo a cuadros con que ahora se tapaba la boca, y aunque vestía ropas limpias, de su cuerpo emanaba un olor intenso a pintura y masillas.

Macanaz hizo una seña al cochero, que enseguida subió al pescante. Desde la ventanilla contempló la figura ágil de Quarenghi, que bajaba enmascarado del andamio, y se le figuró que más que de arquitecto real, tenía el aspecto de un bandolero, asaltante de caminos, al que de un momento a otro habrían de cercenarle la nariz. Sonrió y ordenó al cochero que siguiera adelante. El frío arreciaba y los nubarrones auguraban nieve para esa misma tarde. Atravesaron el puente sobre el Nevá, que había tomado ese color lechoso previo a la congelación, y a los pocos minutos divisaron la imponente fachada del Kunstkammer. Casi de inmediato, sintió que el coche se detenía de nuevo y asomó la cabeza: dos carretones tirados por mulas interrumpían el paso, y, afanados a su alrededor, varios hombres movían jaulas y cajones que iban amontonando a un lado del camino.

Un anciano de cabellos cochambrosos, con una barba que le llegaba a la cintura, pedía disculpas y rogaba al cochero que no se impacientara. El cargamento en cuestión, del que salían rebramos y gruñidos, había sido rodeado por un grupo de curiosos. Macanaz, con un pie en el estribo, se lamentó de la demora, y el cochero, arriba, hizo un gesto de impotencia. Pero el murmullo de asombro que partía del gentío picó la curiosidad de ambos, y terminaron también por acercarse. Poco a poco se les fue develando aquel misterio que, como al resto de los transeúntes, los dejó boquiabiertos. Detrás de los barrotes, acezantes y entumecidos, había montones de animales, pájaros y monos en su mayoría, que miraban el paisaje con los ojos congelados de terror. En las agujereadas cajas de madera, semejantes a féretros, se escuchaban trasiegos y silbidos, y uno de los ayudantes del viejo de las barbas les informó de que en ellos transportaban serpientes y lagartos. Grandes frascos de cristal, con los cadáveres de moluscos y peces que no soportaron la travesía, fueron colocados de mayor a menor junto a las jaulas.

Cuando por fin pudieron continuar su camino, el cochero transmitió a Macanaz los comentarios que había oído a los lacayos: aquellos animales iban a enriquecer la colección del Museo de Historia Natural; allí los sacrificaban y disecaban, y se determinaba si los que habían llegado muertos aún podían aprovecharse para ser exhibidos. Había comerciantes que preferían traerlos ya disecados de sus países de origen, pero ese sistema se había prestado, en más de una ocasión, al fraude. El viejo de las barbas, que era un famoso explorador judío, acostumbraba traerlos vivos y entregarlos personalmente al encargado de la sala. Los que ya estaban repetidos eran sacrificados y disecados de todas formas, pues a la Emperatriz le gustaba donarlos al gabinete privado de algún aristócrata interesado en la historia natural.

De nuevo reinstalado en el coche, Macanaz vio cómo trasladaban el cargamento, jaula tras jaula, al interior del edificio. Divisó a lo lejos un aleteo encarnado que se evadió de pronto entre el azoro y la algazara de la concurrencia, y comprendió que aquel ave que un minuto antes parecía agonizar detrás de los barrotes, había realizado el último intento, por demás inútil, de buscar sobre la marejada endurecida del Nevá la borboteante calidez de los manglares de donde había salido.

Si no hubiera sido por la cruel tenacidad de sus sabañones, que se resistían a todos los remedios hasta tanto no pasara el invierno, y por la desconfianza general que le inspiraban los rusos, a Macanaz no le hubiera importado quedarse en San Petersburgo. Después de todo, iba a ser interesante averiguar hasta qué extremos llegaría la Emperatriz en su delirio de grandeza, pidiendo a diplomáticos, parientes y viajeros que saquearan cada rincón del mundo para ponerlo a su disposición. Ahora mismo, sin ir más lejos, su querido «padrecito» Potemkin gastaba millones de rublos construyendo puentes, palacios y jardines a lo largo del camino que ella debía atravesar para llegar a Crimea. El «pichoncito adorado», como solía llamarlo Catalina, entretenía sus días organizando mercados y haciendo levantar suntuosas tribunas en aquellos puntos donde la comitiva planeaba detenerse.

A un costo escandaloso, se edificaban veinticinco casas de lujo en las ciudades favorecidas por la visita de la Emperatriz, de modo que no faltara comodidad a su séquito. Como sorpresa adicional, planeaban estrenar un exquisito servicio de mesa en cada comida, con la intención de regalarlo apenas se vaciaran los platos. Macanaz no pudo esquivar el ácido repunte de la envidia: ¿quién le aseguraba que ese villano de Miranda no iba a salir recompensado con una de aquellas magníficas vajillas, o con media docena de vasos de cristal morado, taraceados con piedras preciosas, como los que solían desplegar sobre sus mesas los aristócratas de Malorrusia?

Habían dejado atrás la ciudad y corrían rumbo a las afueras, siguiendo las riberas del Nevá. Macanaz contempló los alrededores tristes y solitarios de la manufactura imperial de porcelana, que contrastaban con el hormigueante desenfreno que había observado pocas verstas atrás, en las inmediaciones de la fábrica de ladrillos. Pasó bastante rato antes de que divisara el promontorio y la casa maciza que lo coronaba; la terraza sinuosa sobre el río y los balcones del belvedere: allí vio la delgada silueta del hombre con quien iba a reunirse. El coche se detuvo y él descendió sobre la resbaladiza hojarasca que bordeaba el camino; echó a andar lentamente hacia la puerta principal de la vivienda y una criada tomó de sus manos la capa y el sombrero. En el ínterin, el hombre que estaba en el balcón bajó al vestíbulo, estrechó la mano del recién llegado y lo invitó a pasar a un saloncito tibio, adonde les llevaron un café muy fuerte, perfumado con cardamomo del Bósforo y unas gotas de azahar. En ese saloncito, el único en la casa decorado al gusto turco, había cojines tirados por el suelo y otomanas forradas de terciopelo púrpura. A Macanaz aquel lugar le recordó el malogrado Templo de Salud del señor Graham —¡y cuán pagano había sido él en ese templo!—, los exóticos apartamentos londinenses en los que, previo pago de seis guineas, aplicaban breves azotainas estimulantes.

La misma criada que lo recibió en la puerta regresó a la habitación para preparar sendos narguiles. Su patrón la atajó con un gesto:

—Recuerde que el señor Macanaz prefiere el rapé.

Llenaron de nuevo las tazas y el visitante entró en materia. Primero hizo un recuento minucioso de los últimos sucesos relacionados con Miranda, los hallazgos de su confidente en Cherson y la importancia que tenía para su gobierno atrapar con vida al venezolano. Le había estado dando vueltas a un plan que podía resultar muy provechoso si se llevaba a cabo con discreción. Pero necesitaba la ayuda de un experto para atar uno por uno todos los cabos sueltos, poder actuar antes que nadie y sorprender no sólo a Miranda, sino también a un gazmoño entremetido que le habían impuesto desde Suecia.

Mientras escuchaba a Macanaz, el hombre lanzaba unas bocanadas redondas y límpidas, sin interrumpir para nada el relato. Al cabo de una hora, se levantó de la otomana y se dirigió a una mesita triangular, de donde tomó pluma y una hoja de papel.

—Ahora, don Pedro, repítame el nombre de esa muchacha.

Question dictée par les besoins de l'âme... —respectable question!

(Pregunta dictada por las necesidades del alma, ¡pregunta respetable!)

Johann Kaspar Lavater

Mandó tirar los últimos vestigios del luto, y el traje negro que tanta dicha le proporcionó una noche fue amontonado con el resto de la ropa y regalado a las pordioseras tártaras que mendigaban en los alrededores de la iglesia.

De común acuerdo con su prima Teresa, Antonia hizo un extenso pedido a un conocido establecimiento de Kiev, muy estimado por la calidad de sus telas y brocados. A los pocos días, un carruaje se detuvo frente a la casa del gobernador. En las portezuelas y sobre la capota estaba inscrito un nombre que hizo saltar de gozo a las mujeres: IMPÉRATRICE DE CHINE. Un corpulento lacayo se tiró del pescante y ayudó a bajar a su patrón, que vestía casaca bordada, calzones rojos y botas negras ribeteadas en oro. Antonia y Teresa salieron al encuentro del recién llegado, mientras que el lacayo, ayudado por el cochero y algunos criados de la casa, comenzaba a amontonar en el salón los envoltorios de papel de seda que las dos primas corrieron a abrir desordenadamente. El visitante, que se hacía llamar *monsieur* Raffí, las ayudaba a desplegar las telas:

68

—Ni en San Petersburgo, señoras, ni siquiera allá podrían hallar géneros como estos.

Ambas sabían que el hombre mentía. En San Petersburgo había comercios exquisitos, donde podían adquirirse las prendas más exóticas. Pero las complacía escuchar a *monsieur* Raffí, quien agitaba su pañuelito de muselina y revoloteaba entre la marejada de gorgoranes italianos, brocateles holandeses y seda cruda para coser los trajes de montar.

—Vean este corte que acaba de llegar de China.

Era una pieza de chaúl de un rojo subido, y Antonia la tomó en sus manos, la palpó encantada y se la cruzó en el pecho.

—¿Te has vuelto loca?

La voz de Teresa la sacaba de su encantamiento para advertirle que aquella tela no le parecía adecuada para una joven de su edad. *Monsieur* Raffí salió en defensa de su mercancía. Las modas cambiaban constantemente y lo que antes, tal vez, era atrevido, ahora era símbolo de distinción. Que se fijaran, si no, en sus dos lunares; que se acercaran y los miraran bien: la *effrontée*, junto a la nariz, tenía la forma de una estrella, y la *friponne*, en lo alto de la mejilla, la de un corazoncito. ¿Por cuánto, hace unos meses, un caballero habría considerado colocarse tales monerías? Y en cuanto a las casacas, había grandes novedades que aún se desconocían en Rusia. En París empezaban a recamarlas con lentejuelas y piedras más o menos preciosas. Sin ir más lejos, el rey de Suecia lo había tomado tan a pecho, que pidió que incrustaran brillantes en sus fraques y en la costura de sus medias.

—Valiente ejemplo el que nos pone usted —exclamó Teresa—, no pretenderá que nuestros hombres se vistan como el rey Gustavo...

Monsieur Raffí la miró ofendido. No sabía lo que la señora había querido decir con aquella torcida alusión al conde de Gothlandia, pero «nuestros hombres», como ella los llamaba, no le hacían ascos a la nueva moda. ¿Cómo creía acaso que iba en público el actual Favorito de la Emperatriz, Dimitriev Mamónov?

—Vestido de rojo —se escuchó la voz de Antonia, medio oculta detrás de una escofieta.

—Lo del traje rojo no es más que una metáfora —explicó el comerciante—. Aunque no lo crean, se ha hecho bordar más de sesenta casacas de todos los colores, una de ellas con diamantes de este tamaño, ¿ven?, como garbanzos.

Había juntado los extremos de sus dedos índice y pulgar, y levantó el brazo para que las mujeres asimilaran las dimensiones de la piedra.

—No exagere, *monsieur* Raffí —refunfuñó Teresa—. Así sólo será el diamante Orlov.

—¿El Orlov? Qué bien se nota que no lo han visto nunca... Es imponente, tan azul que duele. Lo vi una sola vez y me desvanecí en el acto.

Después de formalizar la compra, *monsieur* Raffí fue invitado a permanecer en la casa hasta el día siguiente. Viazemski se mostró caviloso y huraño durante la cena, y cuando el comerciante habló de venderle una pieza brocada para que le cosieran un chaleco, lo rechazó tan bruscamente que Teresa se sintió en la obligación de desagraviarlo. Entonces le pidió a Antonia que tocara la guitarra para el invitado, un comerciante ocupadísimo, recalcó mirando a su marido, que se había tomado la molestia de venir desde tan lejos, sólo para traer personalmente la mercancía que se le había encargado.

70

Aprovechó Francisco para dirigirse al visitante. Alabó el tono cobrizo de su tupé y sus bucles, y se refirió a otro renombrado Raffi (¿acaso uno de sus antepasados?), que había sido un importante constructor de flautas traveseras en Lyon. Tal había sido su fama, que dos siglos más tarde aún se escuchaban los versos que se escribieran en su honor: «*De moy auras un double chalumeau... Faict de la main de Raffi Lyonnois*». No recordaba más, pero fue lo suficiente para entusiasmar al mercader de telas, que expresó su intención de copiar aquellos versos y hasta le prometió a Francisco regalarle unos brandeburgos y una pieza de paño para que se mandara hacer una casaca.

Antonia tocó una o dos canciones. Se sirvieron tortitas de levadura y alforfón con chocolate caliente, y Francisco se ofreció para ir en busca de su flauta y entonar algunas melodías recién compuestas por el músico Haydn, al que acababa de visitar en Hungría, y quien le había obsequiado unas cuantas partituras con la ilusión de que sus notas «flotaran algún día sobre las selvas venezolanas». Regresó a los pocos minutos trayendo consigo el estuche, y todos guardaron silencio, intimidados por la solemnidad con que soltó el resorte y levantó la tapa. Ante los ojos complacidos del príncipe y las dos mujeres, y la mirada atónita de *monsieur* Raffi, apareció una flauta de madera de boj, con aros de marfil y llave de plata, tan suntuosa y delicada que daban ganas de besarla.

Casi una hora estuvo Francisco deleitándolos con el sonido espléndido de aquel instrumento, comparado con el cual palidecía todo lo que Antonia había escuchado. Para concluir, dedicó a las señoras una canción compuesta por indios de la Amazonia. La pieza resultó ser tan difícil y perturbadora, que se pusieron de pie para escucharla, y hasta Viazemski, hundido en sus preocupaciones, pero no por ello ajeno al influjo de la melodía, mandó abrir una botella de *Kümmel*. Hacia la medianoche, se retiraron todos a dormir. Teresa y su marido subieron a las habitaciones cuchicheando. Ella, recriminándole su comportamiento con *monsieur* Raffí, y él justificándose con el argumento de que aquel pajarraco francés —demasiado viejo y gordo para andarse vistiendo de ese modo—, era apenas un sagaz revendedor de zarandajas que se podían conseguir en Kiev, Moscú o San Petersburgo, probablemente mucho más baratas. Antonia, por su parte, acompañó al comerciante hasta la puerta de su alcoba y, de paso, le alabó el perfume que llevaba puesto. *Monsieur* Raffí le informó de que la fragancia provenía del taller de un tal Baldini, un perfumista que hacía furor en Francia; aún le quedaba una bombona en su equipaje y al día siguiente, antes de irse, podía dejarle un poco en su perfumador. Agitó por última vez el pañuelito de muselina y le hizo un guiño a Antonia:

—Enloquece a los hombres, señora, está probado. —Ella agradeció el ofrecimiento y siguió rumbo a su habitación. Sostenía el candil con una mano y en la otra llevaba la esclavina que se había quitado cuando le dio calor. Sospechaba que afuera había arreciado el frío. Probablemente estuviese nevando. Pero el licor que les ofreció Viazemski, con su intenso regusto a comino, la quemaba por dentro. Además, la había mareado un poco. Podía sostenerse y caminar derecha, pero al deslizarse por aquellos pasillos apenumbrados que olían a piedra antigua y leña mal quemada la sobrecogió una sensación de irrealidad, que al mismo tiempo comenzaba también a deleitarla. Le parecía que flotaba y que la casa entera era como un navío, como un galeón fantástico en el que estaba sola. Recordó, de golpe, el angustiado grito del maestre canario pidiéndole que se salvara, y en medio de las tinieblas alcanzó a ver, una vez más, las cabezas de las gallinas moribundas que aún aleteaban en el agua; la medusa blanca en que se convirtió el cabello de la anciana que flotaba con la cara hundida, y las grandes olas negras de un naufragio que ya no la asustaba más. «Debo de estar ebria», pensó. Se recostó un momento contra la pared, jadeando, y de pronto sintió esa especie de vapor ardiente que le bajaba por la cara. Levantó rápidamente la luz de su candil: frente a ella había un enorme rostro conturbado y unos ojos cenicientos como los de un halcón. Era Francisco.

Él se inclinó y sopló la llama, y la oscuridad se hizo casi absoluta. Antonia sintió entonces la boca, recorriéndola como si fuera un caracol, arrastrando la concha de esa nariz enfebrecida que se deslizaba por sus mejillas, por sus hombros, por su pecho. Francisco susurraba su nombre y ella se percató de que el aliento de sus palabras también olía a comino. «Debo de estar ebria», se repitió en voz alta, y en ese instante él la tumbó en el suelo, buceó impaciente en los volantes del zagalejo, desencintó barreras de linón y rasgó olanes cancerberos. Al cabo de unos minutos, aflojó la presión sobre aquel cuerpo que simulaba estar rendido. Ella no gritó ni profirió quejido alguno. Simplemente clavó las uñas sobre la nuca de Francisco y las dejó correr derechas a la garganta. Él tampoco se quejó: se limitó a sujetarla por los brazos y la besó con fuerza, aguijoneado por la hambruna de esos labios que se escabullían como pescados vivos. Antonia tuvo la sensación de que el galeón desigual que era la casa se balanceaba a su favor. Lo escuchó suspirar penosamente y aprovechó el momento para liberar los brazos, que cruzó en un gesto decisivo sobre la espalda de Francisco. Fue la señal que él esperaba, aunque no por eso dejara de asombrarlo el fuego, la urgente plenitud de esa mujer que se afilaba entre sus manos.

—Mejor vayamos a tu habitación —le sugirió en voz baja.

Se levantaron lentamente, perezosos y torpes, y Antonia echó a caminar sintiendo que las medias le resbalaban hasta los tobillos. Iba tanteando la pared y él la seguía de cerca, arrastrando los pies. Unos pasos más adelante, Antonia sintió ceder bajo su mano aquella puerta cuyo entornado jamás le pareció tan silencioso y dócil. Entraron a la habitación y ella se dirigió al velador de cabecera, en donde había un aguamanil y una luz de noche. Al pasar frente al espejo, se contempló asombrada. Sus cabellos, rizados la víspera, habían salido disparados en todas direcciones, en forma de mechones rígidos. Y más abajo, notó que tenía un pecho cubierto y el otro rebosando, desnudo, sobre el pañuelo del corpiño. «Algo tenía esa bebida», se consoló de nuevo, recordando aquella especie de filtro que le había bajado por la garganta como un dardo. Mientras se desvestía, le pareció ver que Francisco avivaba las llamas de la pequeña estufa colocada al otro lado de la habitación. Ella se metió en la cama y al poco rato lo sintió apartar las colgaduras.

Al día siguiente, cuando entró la criada a despertarla, miró a su lado y comprobó que Francisco ya no estaba.

Era casi mediodía y la mujer lloraba y atropellaba las palabras sin lograr hacerse entender. Antonia saltó de la cama y se enfundó en una bata de lana. Le ardía la cabeza y le aterraba la idea de que el llanto de su criada se debiera a que en la casa ya todos estuvieran al tanto de que había dormido con Francisco. Lo ocurrido aquella noche estaba envuelto en una bruma, evocaba sensaciones húmedas, punzantes, magníficas. La única imagen viva, sin embargo, era su imagen del espejo, con la cabeza de Gorgona y la mirada oscura de su pezón al descubierto.

Apenas salió al pasillo vio a su prima, que sollozaba de cara a la pared. Y casi de inmediato divisó a Viazemski, que hablaba con el lacayo de *monsieur* Raffi. Nada más verla llegar, Teresa la abrazó y se lo susurró al oído: durante la noche, el comerciante de telas había muerto. Por la mañana, viendo que su patrón no bajaba a desayunar, el lacayo había subido a despertarlo. Se lo encontró rígido, con una mano agarrotada sobre el cuello y la otra estirada sobre el velador, de donde derribó un sillico en el que había intentado vomitar.

Antonia se apartó de su prima y corrió a la habitación de Raffi. Miró el voluminoso cuerpo del francés tendido sobre el centro de la cama. Ya le habían entrelazado las manos sobre el pecho, pero parecía un muñeco, la boca aún entreabierta, los ojos silenciosos, no había más muerte que ese silencio blanco. Cuando se inclinó sobre la cama, olfateó el último recuerdo del perfume, un aroma risueño mezclado con el hedor de los humores en retirada. Entonces sintió una enorme compasión por aquel hombre, se persignó y a él también le hizo la señal de la cruz sobre la frente. Salió de nuevo al pasillo y vio a Francisco, recién llegado de la calle, que hablaba con Viazemski y se enteraba de lo que había ocurrido. Teresa le preguntó si acaso no había escuchado nada durante la noche: su habitación y la de Raffi estaban separadas apenas por un tabique, y era evidente que el comerciante había tratado de pedir ayuda. Francisco explicó que había caído rendido, probablemente debido al *Kümmel* que tomó durante la velada, y que por tal razón no se percató de ningún ruido extraño. Dicho esto, se dio la vuelta para saludar a Antonia, ella le hizo un gesto vago con la cabeza y corrió a abrazarse a su prima. En breve, les informó Viazemski, traerían un féretro para llevarse el cadáver. Cochero y lacayo lo trasladarían a Kiev y en aquella ciudad sus deudos se encargarían de darle sepultura. Un médico adscrito al regimiento de la fortaleza certificaría la causa de la muerte, y en cuanto al costo de la mercancía, las señoras tenían dos alternativas: o devolverla junto con el difunto, o comunicarse con otro representante de la tienda en Kiev. Antonia y Teresa, aún sollozantes y abrazadas, se dieron la vuelta: de devolverla, nada. Ya se las arreglarían ellas con los representantes de Empératrice de Chine.

Se hicieron a un lado en el pasillo para abrir paso a dos hombres que se acercaban con la enorme caja de pino reforzado.

—Ya me sospechaba anoche que esto no terminaría muy bien —concluyó Viazemski, mostrando a los recién llegados el camino hacia el cadáver.

Durante dos días, en la casa se guardó un recogimiento tácito: no se habló en voz alta, ni se hizo música, ni se escucharon risas. Al cabo de ese tiempo se volvieron a sacar las telas, que fueron de nuevo sacudidas, olfateadas, cruzadas sobre el cuello para ver el efecto en la piel. La modista rusa de Teresa pasaba la mayor parte del día en el salón de las costuras, cortando vestidos y enaguas, forrando polisones y combinando sedas. El príncipe Viazemski, cada vez más encerrado en su gabinete, era el único que parecía ajeno a la revolución que recorría aquella casa. Sin embargo, fue el primero en confrontar a Antonia. Tropezaron una tarde en la escalera y ella, que venía con las manos repletas de borlas y cintas, le dirigió una sonrisa radiante. Viazemski la detuvo. Desde hacía días quería hablarle, pero prefería que lo hicieran a solas. Antonia tragó en seco: si él quería, podían hacerlo en ese mismo instante. Lo siguió muerta de miedo, las manos le temblaban y fue dejando a lo largo del salón una estela de abalorios que culminó en las puertas del aposento privado de Viazemski.

Él comenzó con suavidad. Se acordaría de que, al principio, cuando llegó a Cherson, su prima había prometido casarla con un príncipe ruso. Los rusos solían ser buenos maridos, al menos era lo que él pensaba. Hizo una pausa y Antonia intentó una sonrisa, pero sintió que los labios le temblaban. Ahora venía lo peor: Viazemski se puso de pie, tamborileó con los dedos sobre unas carpetas y miró a Antonia con una expresión más severa. Francisco de Miranda no era príncipe ni ruso. Ni siquiera era conde. El título se lo había fabricado el cónsul ruso de Constantinopla para que pudiera entrar en el país. Se trataba de un hombre que estaba de paso por aquellas tierras con unos fines que ni siquiera él, con ser su anfitrión, tenía muy claros. Por encima de las mujeres y de los amigos, de la tranquilidad de un hogar y una familia, Francisco de Miranda anteponía ese asunto de la independencia. Hizo otra pausa, aprovechó para encender un cigarro y luego se acercó a Antonia y le tomó una mano: tal vez ella lo consideraba amable y divertido, y en verdad lo era. Pero en el fondo, Miranda había llegado hasta Cherson con un propósito mucho más serio de lo que nadie imaginaba. Y si aún permanecía allí, si se le brindaba la hospitalidad de aquella casa, era porque todos sabían que esperaba la llegada de Potemkin, y muy probablemente a Potemkin también le interesaba verlo.

Antonia bajó la cabeza y se encogió en sí misma. Las sienes le latían, y una angustia y una vergüenza hasta entonces desconocidas le encendían la cara. No pronunció palabra y Viazemski le oprimió la mano que aún conservaba entre la suya: le acababa de revelar detalles confidenciales que ignoraban incluso sus edecanes; detalles que desconocía su propia esposa. Pero confiaba en Antonia y a la vez quería evitarle que se llevara un desengaño.

Un silencio lastimoso se produjo entonces. Antonia retiró su mano y se puso a recoger las borlas que habían rodado por el suelo.

—Déjalas —dijo Viazemski—, ya alguien vendrá a recogerlas.

Salió del gabinete dando tumbos, arrastrando los pies, mirando sin ver las mismas cosas que un momento atrás le parecían tan hermosas. Atravesó el salón y al llegar a la escalera se encontró con su prima, que se quedó observando alternativamente el reguero de perifollos y los ojos nublados de Antonia. Pero no dijo nada. Se cruzaron en silencio y cada cual siguió su camino. Teresa hacia la habitación de la modista, y Antonia a la suya, a sollozar mordiendo el cobertor.

Esa noche, después de la cena, hicieron la partida y tomaron café en el saloncito. El eterno invitado que era el viejo general Tekely apuraba grandes tazas de té con aguardiente y cuchicheaba en el oído de Viazemski. Antonia se mantenía absorta y contestaba con monosílabos a las preguntas de Francisco. Teresa trató en vano de animar la reunión, hasta que se cansó de hablar de sus primeros días en Cherson y anunció simplemente que se iba a la cama. Antonia también se refugió en su alcoba y se acostó enseguida, pero permaneció más de una hora con los ojos fijos en la puerta, temblando y aguardando a los toquecitos mágicos que hasta ese entonces, cada noche, le anunciaban la visita de Francisco. Al final se dio la vuelta en la cama y miró de reojo la estufa en un extremo de la habitación. Cuando él llegara, seguramente removería la lumbre y luego se lanzaría a la cama fingiendo que se había quemado. Como parte del ritual, ella tendría que besarle el rostro, las orejas heladas y, por último, lamer los dedos falsamente escaldados.

Se despertó tiritando, alarmada por unos estampidos de guerra y un ruido de coches que pasaban cerca. No tenía idea de la hora que era, pero intuía que de un momento a otro iba a amanecer. Miró a su lado y comprendió que Francisco no había venido en toda la noche. Se levantó muerta de frío y se acercó a la ventana: abajo estaba oscuro y era evidente que había nevado, pero a la luz de las antorchas vio las siluetas de los hombres, todavía torpes y amodorrados, que pasaban corriendo frente a la casa. Se envolvió en una pelliza y salió al pasillo justo a tiempo para ver que Viazemski se precipitaba escaleras abajo, abrochándose la casaca. Le preguntó qué era lo que pasaba, pero él no la oyó o no quiso detenerse. Antonia volvió a su habitación y notó que la lumbre de la estufa languidecía. Se inclinó para remover las brasas y verter más carbón, y luego se acercó a la ventana y abrió una rendija. Un navajazo de aire helado le cruzó el rostro, y ella se dirigió al criado que salía en ese momento con un balde de agua caliente para tirar en las patas de los caballos.

—Espere, ¿adónde van todos?

El hombre le respondió algunas palabras que ella no logró entender por causa de los cañonazos. En ese instante, una corriente de aires cruzados levantó las puntas de su bata y la hizo apartarse de la ventana. Miró hacia atrás, hacia la puerta abierta, y vio a Francisco en el umbral, envuelto en la pelliza a cuadros que le había visto desde el primer día; llevando en la mano una lámpara que le alumbraba desde abajo el rostro.

—No sé qué está pasando ahí afuera —gritó ella.

Él movió la cabeza lentamente y la hojarasca de las sombras le hinchó la frente y le enterró los ojos.

—Es Potemkin, Antonia. Potemkin, que está a las puertas de la ciudad.

Quinconque jette feu et flame doit etre mis dans la classe de Dragons.

[Cualquiera que arroje fuego y llamas debe ser puesto en la clase (o categoría) de los Dragones.]

Johann Kaspar Lavater

El Príncipe de Táurida entró en Cherson poco después de las diez de la mañana. La comitiva, compuesta por más de sesenta personas, recorrió a pie el camino hasta la fortaleza, deteniéndose apenas para saludar a la gente que desde muy temprano se agolpaba a ambos lados de la calle. Potemkin venía al frente, de uniforme, con gorro de piel de zorro negro, banda azul cruzada sobre el pecho y guantes de cuero marrón. Calzaba botas de montar con espuelas de plata, y sobre los hombros llevaba una pelliza común de piel de carnero. Caminaba erguido, o trataba de hacerlo, pero aún así su paso era tan desbalanceado y feroz, que el primer impulso de muchos en la multitud fue dar un salto atrás cuando lo vieron acercarse.

Viazemski se adelantó para esperarlo en la fortaleza, y Antonia, Teresa y Francisco se apostaron en la calle por donde iba a desfilar la comitiva. La mayoría de las mujeres llevaba ramos de flores que debían lanzar al paso de los militares, y Francisco se entretuvo admirando la diversidad de los trajes de los cosacos, los calmucos y los griegos que literalmente invadieron la ciudad. Los judíos, por su parte, corrieron al encuentro de Potemkin portando bandejas de plata en las que le obsequiaron pan, sal y limones, y en medio de aquel torbellino de aclamaciones y salvas, sólo Teresa logró escapar al encantamiento general para proferir, en español, un comentario que le salió del alma:

—¡Jesús, qué hombre más espantoso!

En ese instante, Potemkin pasaba frente a ellos y pareció reparar en las mujeres. Teresa le hizo una especie de reverencia a la que el otro correspondió sin detenerse. Más que la fealdad, pensó Antonia, lo que en verdad chocaba era el conjunto de su fisonomía. Aun siendo bastante corpulento, su cabezota de buey superaba por mucho las proporciones ideales; tenía la nariz demasiado larga y medio torcida; unos labios oscuros, gruesos como filetes, que se apagaban sin gracia entre las comisuras; y donde debía de abrirse el ojo izquierdo, no había más que una cuenca arrugada y sombría.

—Yo no diría que es espantoso —apuntó tímidamente Antonia—, sino más bien como un dragón.

Teresa sonrió a su prima y ambas volvieron a mirar hacia Potemkin, que ya se alejaba. De espaldas, parecía un oso amaestrado, con el cuello macizo, casi enterrado entre los hombros, y los brazos poderosos que no marchaban al mismo ritmo que el resto de su cuerpo.

—Espantoso y bruto —insistió Teresa—, ¿sabes lo que se cuenta de él en San Petersburgo?

No pudo continuar, porque unas partidas de tártaros y cosacos procedentes de las riberas del Don entraron en ese instante galopando por el lado sur de la ciudad, con tal bullicio que la multitud en la calle comenzó a gritar de miedo. Al frente de la enloquecida tropa viajaba el sobrino del *kam* expulsado de Crimea, un renegado que llevaba el uniforme de teniente de caballería ruso, y un turbante a la tártara en la cabeza. Aquellos hombres se jactaban de haber llegado picando espuelas, viajando apenas sin descanso durante varias jornadas, con el único propósito de agasajar al «padrecito» Potemkin, a quien consideraban Gran Señor de aquellas tierras. Dicho esto, bajaron de sus caballos y descargaron decenas de canecas de licor y racimos de patos que aún aleteaban débilmente. Las calles estaban cubiertas de nieve, pero el aire era más templado que la víspera, y, después de un par de vasos de aguardiente, algunos hombres se desgañitaban lanzando vivas al recién llegado. Poco más tarde, cuando la comitiva se había perdido ya de vista, cuatro piqueros abrieron paso a una *kibitka* que transportaba a una mujer envuelta en pieles. Un murmullo de admiración recorrió a la multitud, pero ella se mantuvo rígida, mirando con impaciencia a la distancia, hacia el camino por donde había desaparecido Potemkin.

—Es la condesa de Sievers —susurró Teresa—. Viene siguiendo al príncipe. Toda una zorra.

Antonia se dio la vuelta asombrada. Le extrañó la expresión de su prima, una mujer tan poco dada a la murmuración o el exabrupto. ¿Qué podía haber de malo, después de todo, en que una condesa de San Petersburgo viniera hasta Cherson detrás del Príncipe de Táurida? Francisco se despidió para dirigirse él también a la fortaleza, y Antonia y Teresa se quedaron solas, escuchando de vez en cuando el estruendo remoto de nuevas salvas y el estribillo de una vieja canción armenia que un anciano sollozaba con los ojos cerrados:

Al dejar las riberas del Charuk,
mi corazón se derritió como un copo de nieve.
Ay, la nueva tierra no será tan fértil,
moriremos muy lejos, sin consuelo ni estrellas...

Antonia no comprendía el significado de aquellas palabras, pero la melodía le transmitió de golpe la certeza de su propia desolación: Potemkin estaba en Cherson y muy probablemente Viazemski conseguiría que Francisco le fuera presentado. Después de eso, la salida del venezolano hacia Crimea sería cuestión de días. Francisco quería conocer a toda costa aquellas tierras, antes de continuar a San Petersburgo para de allí viajar por mar hacia Estocolmo. No se le escapaba a ella la frecuencia con que el otro le hablaba de sus planes, de su urgencia por recorrer el mayor número posible de ciudades antes de regresar a Londres. Como bien le había advertido Viazemski, Francisco no tenía intención de establecerse en Rusia ni en ninguna parte. Y aunque el asunto de las colonias españolas fue mencionado sólo una vez, en el transcurso de una de las noches que pasaron juntos, lo hizo con tal fogosidad que Antonia ya no tuvo dudas. Algún día, le aseguró en esa ocasión, el despotismo español sería arrasado de América y en su lugar se instalaría un estado justo, respetuoso de los postulados de Rousseau, de Montesquieu, del abate Raynal. Elegirían a un hombre cabal y buen conocedor de todas las formas de gobierno, un hombre que tuviese la experiencia y la sabiduría necesarias, en suma: un Gran Inca para que lo gobernara. Ella había guardado silencio, pero fue incapaz de pegar ojo en toda la noche. Francisco, en cambio, dio media vuelta y se quedó rendido, y en la penumbra de la habitación, iluminados apenas por la llamita moribunda de una vela perfumada, Antonia le acarició la frente, la pequeña trenza aún empolvada, los discretos contornos de su espalda cobriza. Lo abrigó con delicadeza, como si se tratara de un niño, y cuando comenzó a clarear, cuando se escuchaba afuera el trajín de los criados que vaciaban los sillicos y recogían la leña para la cocina, se levantó sin hacer ruido, tomó papel y pluma, y le escribió a su padre.

Ahora, al escuchar el canto de aquel viejo, que Teresa le tradujo con voz entrecortada, se le figuraba que la vida en Cherson, sin aquellas noches con Francisco, le iba a resultar tan insoportable como lo había sido, tantos años atrás, para los infelices armenios, apresados y arrancados de sus tierras, empujados a la fuerza hacia los campos de Ekaterinoslav, donde muchos habían muerto «sin consuelo ni estrellas».

Un viento frío, que comenzó a soplar de pronto desde el Dniéper, arrastró sobre Cherson unos oscuros nubarrones. Los forasteros tártaros comenzaron a dispersarse, dirigiéndose a las afueras de la ciudad para montar sus tiendas y prepararse una comida fuerte. Teresa, inexplicablemente afligida, le pidió a Antonia que regresaran a la casa. Allá se trabajaba en los preparativos para la gran fiesta que en pocos días se le ofrecería a Potemkin, y los criados pulían las maderas de los muebles, fregaban los pisos y corrían de un lado para otro sacudiendo alfombras, sacando brillo a la plata, descolgando los pesados cortinajes de terciopelo morado.

Viazemski volvió al anochecer. Potemkin, según contó más tarde, había llegado de excelente humor y le había comunicado oficialmente que su querida «madrecita», la Emperatriz de todas las Rusias, visitaría Cherson alrededor del mes de mayo, tan pronto como se deshelara el río y pudiera ser navegado sin contratiempos por las galeras imperiales. Teresa, recuperada del rapto de tristeza que la abatió por la mañana, se llevó una mano al pecho: apenas tenían tiempo para prepararse, renovar el moblaje y mandar a coser ropa decente para ellos y para los criados. Viazemski preguntó con sorna si no bastaba con lo que había dejado el francés, y a Teresa le centellearon los ojos: *monsieur* Raffí, que en paz descanse, había traído muy pocas piezas de primavera y verano, apenas cinco o seis cortes de organza, varias estomagueras para los meses cálidos, y aquel corte de chaúl de un rojo brillante que a ella le pareció bastante impropio, pero que Antonia se empeñó en comprar de todos modos.

—Ese —bromeó Viazemski—, ese es el que deberían mandar a coser para cuando nos visite Potemkin. Mucho me preguntó hoy por las mujeres de esta casa.

Teresa bajó la vista y Antonia intervino para decir que, tanto a ella como a su prima, Potemkin les había parecido un oso desagradable.

—Eso será ahora —masculló Viazemski—. Hace cinco o seis años lo encontrábamos muy aceptable, ¿no es así, Teresa?

La aludida ignoró el comentario y, para cambiar de tema, propuso que fueran a dar un paseo. Antonia captó una pulla sórdida en el aire, los miró a ambos y abrió la boca para secundar la idea de su prima.

—¡Imposible! —la atajó Viazemski—. ¿Sabes cuánta nieve hay en la calle?

—Hace demasiado frío —admitió Francisco, que había asistido pensativo a la conversación, y que enseguida se disculpó para retirarse a escribir en su diario, ya que al día siguiente tenía que madrugar.

Antonia presintió que la cita estaba concertada. En breve, acaso en unas pocas horas, sería presentado a Potemkin, y en cuestión de dos o tres días se marcharía de aquella casa para siempre. Cuando Francisco se alejó, ella corrió donde Viazemski, que tomaba rapé y tenía la vista fija en ninguna parte.

—¿Lo llevarás a ver a Potemkin?

—El conde de Miranda se irá pasado mañana —fue su lacónica respuesta.

Antonia dio las buenas noches y subió a su alcoba. No se permitió una lágrima y, en lugar de desvestirse, buscó debajo de la cama una valija de piel y comenzó a guardar su ropa. Apenas cabía nada, pero su criada podría partir más tarde, llevando consigo los baúles con lo que faltara. Eso era lo más sensato, que Domitila se quedara por unos días en aquella casa y la siguiera cuando estuviera decidido el lugar donde habrían de radicarse. Acaso Londres, Francisco tarde o temprano tendría que regresar a Inglaterra. Por lo pronto, ella le rogaría que la dejara acompañarlo a Crimea; si fuera preciso, lo seguiría en el viaje a San Petersburgo y, una vez allá, se embarcaría con él hacia Estocolmo. Cualquier cosa menos quedarse en Cherson.

Se acostó de madrugada. Francisco tampoco había ido a verla aquella noche, y ella durmió con la esperanza de que acaso aparecería al amanecer. Pero a media mañana quien la despertó fue su criada, asombrada ante el aspecto desordenado de la habitación y la valija lista a los pies de la cama.

—Nos vamos —afirmó Antonia—. Ya hemos estado mucho tiempo aquí.

La criada aguardó en silencio, empezó a doblar la ropa interior y fue amontonándola en una butaca. Luego la ayudó a vestirse y, mientras le acomodaba los rizos del cabello, le hizo la única pregunta que su patrona no hubiera querido oír:

—Y el señor Francisco, ¿ya sabe que nos vamos con él?

Antonia se alejó sin contestarle. En la casa reinaba un gran silencio y un ayudante de Viazemski le informó de que el príncipe, la princesa y el coronel Miranda se habían dirigido a la fortaleza, donde Potemkin se hallaba recibiendo aquella mañana. Ella subió de nuevo a su habitación y buscó entre el reguero de ropas una manteleta de pieles. A los pocos minutos, mandó a enganchar un carruaje y ordenó que la llevaran a la residencia del Príncipe de Táurida.

Por el camino le pareció ver el doble de soldados que pululaban de costumbre por las calles, y en toda la ciudad se respiraba un aire de fiesta que contrastaba con el letargo de los pasados meses. Cuando llegaron a la fortaleza, unos guardias impidieron el acceso del coche más allá de los portones de hierro. Antonia se asomó a la ventanilla, mientras el cochero explicaba que su patrona era parienta del gobernador y se dirigía a las estancias de Su Alteza. Aun así, los guardias le negaron el paso al carruaje y sugirieron que la dama prosiguiera a pie. Ella descendió rápidamente y se echó encima la caperuza que le ocultaba el rostro. Una multitud de hombres y mujeres, ataviada con sus mejores galas, se paseaba nerviosamente por los jardines y hacía corros alrededor de aquellos que ya habían sido favorecidos con alguna audiencia. Antonia buscó con la mirada a los suyos: ni rastro de Viazemski o de Teresa. Tampoco divisó a Francisco por ninguna parte. Acaso ya estuvieran dentro.

Cuando llegó a las puertas del edificio donde se alojaba Potemkin, un par de húsares volvió a cerrarle el paso. El príncipe estaba agotado y no pensaba recibir a nadie más. Antonia explicó que no venía a ver a Potemkin, sino en busca de sus parientes, el gobernador de la ciudad, Alexander Ivánovich Viazemski, y su esposa Teresa. Un hombre moreno, de ojos rapaces y largas patillas negras, intervino en ese momento y se dirigió a Antonia en español:

—¿Habla italiano?... ¿Entiende el castellano entonces?

Antonia negó y asintió casi simultáneamente. El hombre se presentó como el coronel De Ribas y les ordenó a los húsares que la dejaran pasar. La condujo a través de una galería adornada con guirnaldas y luego atravesaron tres o cuatro habitaciones abarrotadas de gente. De Ribas se disculpó para dejarla sola en una especie de antecámara, donde había varias sillas y un pequeño escritorio, y como el ambiente dentro era tan cálido, ella se deshizo de la manteleta. Las paredes estaban cubiertas de tapices, y junto a los ladrillos de la estufa se amontonaba una gran cantidad de cáscaras de nueces, dátiles mordisqueados, conchas vacías y otros desperdicios.

—Haga el favor de pasar.

De Ribas había reaparecido y le franqueaba la entrada al aposento contiguo. Ella imaginó que allí estaría Viazemski y musitó unas palabras de agradecimiento, pero al momento de entrar, el rostro se le demudó, se le escurrió la manteleta de las manos y ya iba a darse la vuelta cuando escuchó una voz de trueno que la clavó en el piso.

—Acérquese, no tenga miedo.

Tendido sobre un canapé, con el torso desnudo y la entrepierna cubierta a medias por una piel de oso, Potemkin la recorrió con la mirada arrasadora de su único ojo vivo. Antonia lo observó con una mezcla de admiración y repugnancia. Tenía el pecho regordete y velludo; unas piernas monumentales como pilastras, envueltas en gruesas tiras de lana, y cuando levantaba el brazo, asomaba otra mata de pelo aterronada y húmeda en la axila. Sacó la tosca mano que jugueteaba bajo la piel del oso y se la llevó a la boca para roerse las uñas. Antonia, aterrorizada, bajó la vista y vio que en el suelo, tirados junto al canapé, estaban la casaca con la banda azul y el resto de las condecoraciones. A su lado, aquellas botas de montar en las que aún refulgían las espuelas de plata.

—Así que usted es parienta de Viazemski.

Antonia asintió, o creyó que estaba asintiendo, pero en realidad fue un movimiento tembloroso, un gesto desesperado de pájaro, o de conejo atrapado.

—Debe de ser española —agregó Potemkin—, como Teresa.

Pronunció el nombre de su prima alargando exageradamente la última sílaba, y Antonia notó que aquellos labios sin encanto ocultaban la dentadura más carnicera y desigual que había visto en su vida. Él le indicó una silla para que se sentara y Antonia obedeció hipnotizada. La cercanía de aquel hombre, evidentemente ebrio, le producía una sensación tan enervante y tumultuosa, que ni siquiera le alcanzó la voluntad para contravenir sus órdenes y ponerse a salvo. Sin venir a cuento, Potemkin soltó una carcajada y se frotó el pellejo púrpura de la cuenca donde le faltaba el ojo. Entonces le preguntó su nombre.

Antonia dijo que se llamaba Antonia y se quedó sobrecogida. La atemorizaba lo absurdo de la situación: había llegado pretextando buscar a sus parientes, cuando en realidad sólo intentaba dar con Francisco. Y de pronto, sin darse apenas cuenta, se hallaba frente al Príncipe de Táurida, el bien amado de la Emperatriz, el guerrero salvaje y lujurioso que, según contaban, era capaz de degollar a un musulmán con una mano mientras con la otra desnudaba a una mujer.

—Antonia..., ¿desde cuándo vives en Cherson?

Había estirado una de sus manazas y atrapado su mano, que parecía haber quedado muerta, deshuesada, sorda. No, se dijo Antonia, lo malo no era sólo su fealdad, que era una fealdad absoluta, sino lo otro, el abismo en círculo que era su voz, el calor que despedía su cuerpo, y la manera en que seguía a su presa con el ojo empañado, ese afiebrado ojo que, en su empeño por suplir al que faltaba, se le desorbitaba un poco. No podía apartar la vista de ese rostro, y, al mismo tiempo, la asustaba su expresión desdeñosa; la estremecía el roce de sus dedos de uñas carcomidas, humedecidos aún por la saliva. Potemkin tiró de su mano, esa manita dócil, y se la llevó a los labios, luego la colocó sobre su vientre. Ella sintió, primero, el blando calor de la piel del oso y, un minuto después, el infierno puro de la piel con vida. Ninguno de los dos pronunció palabra y él entonces se incorporó, acercó su cara a la cara lívida de Antonia y resopló el aliento enrojecido como una llamarada, mezcla del aroma del vino de Hungría con el tufo de las dieciséis huevas de carpa que se acababa de almorzar.

—¡Grisha!

Ambos se volvieron hacia la puerta. Era la misma mujer que el día anterior había pasado en la *kibitka* siguiendo el rastro del Príncipe de Táurida. Ahora no estaba envuelta en pieles: llevaba una bata brocada de andar por casa y el cabello suelto.

—Grisha —repitió suavemente—, nos están esperando.

Potemkin asintió sin soltar la mano de Antonia. Pero enseguida volvió a llevársela a los labios.

—Cuando vuelvas —susurró—, pregunta por Ribas.

Ella se desprendió aturdida y al cruzar por delante de la mujer bajó la vista, pero no por eso dejó de sentir la mirada rabiosa de la condesa de Sievers, clavada como un puñal sobre su nuca. Salió casi corriendo del edificio, anudándose al cuello las cintas de la manteleta y ocultando nuevamente el rostro tras la caperuza. Pasó entre los soldados que ya se preparaban para el cambio de guardia y atravesó los portones de hierro. Subió a la berlina aún temblorosa y jadeante, tan asustada, que le tomó unos minutos percatarse de que el cochero ya no estaba allí. Antonia esperó todavía un rato dentro del coche, y cuando estuvo más serena, se decidió a salir en su busca. Recorrió en vano los alrededores de la fortaleza y se internó en el pequeño bosque de encinas y ojaranzos que cerraba a medias la vista al arsenal. Tenía los zapatos y los bordes del vestido cubiertos de fango, y pensó que lo más sensato era volver atrás y esperar lo que tuviera que esperar a buen resguardo dentro de la berlina. Estaba llegando a la explanada, cuando vio acercarse un carruaje antiguo y llamativo, que aminoró la marcha y se detuvo a su lado. Un instante después se levantó la cortinita de damasco rosa y apareció la faz enrarecida de la princesa Ghika.

—¿También viniste a ver a Potemkin?

Antonia tuvo la impresión de que se le abrían las puertas del cielo.

—Creí que iba a encontrar aquí a Viazemski y a Teresa.

La princesa Ghika sonrió, y a pesar de su aturdimiento, Antonia se conmovió al descubrir cuán macabro se había vuelto el rostro de su vieja amiga en el curso de las últimas semanas. Los huesos se le transparentaban por debajo de la piel, y las concavidades de los ojos se le habían oscurecido poco a poco, hasta atraparle por completo el resplandor de las pupilas.

—Y no los encontraste, me parece.

Antonia sintió que debía decirle la verdad.

—También vine buscando al coronel Miranda, pero no lo hallé en ninguna parte y, para colmo, no encuentro al cochero.

Ghika pareció meditar en el aspecto lamentable que tenía Antonia: su falda rasgada y cubierta de fango, la manteleta salpicada por los brugos que había arrastrado desde el bosque, y la expresión temerosa, lívida de muerte.

—El cochero debe de estar emborrachándose, querida. ¿Por qué no vienes un rato a casa y luego te mando de vuelta en mi carruaje?

Antonia aceptó, abrió por sí misma la portezuela y ni siquiera esperó a que la ayudaran a subir al estribo. Adentro reinaba la misma grata penumbra que era común a todos los aposentos de la princesa Ghika. Si era verdad que existía gente que iluminaba con su sola presencia las cosas del mundo, debía de haber también lo opuesto, aquellos que llevaban la contraluz consigo. Y a ese bando, sin duda, pertenecía aquella anciana que tenía la facultad de marinar en medias tintas el universo que la circundaba.

—Cuando lleguemos, haré que te sirvan un chocolate caliente —prometió Ghika—. Debes de estar muerta de frío.

Pero Antonia apenas la escuchaba. En el momento en

que se acomodó en el asiento, sintió que sus rodillas rozaban las rodillas de otra persona que se hallaba junto a la princesa, en el asiento opuesto. Se sobresaltó un instante y ya no tuvo necesidad de esforzar la vista para reconocer al hombre que le tomó una mano y se la llevó a los labios.

—Estás helada —musitó Francisco—. ¿De dónde sales?

Ella intentó sonreír y miró el rostro divertido de Ghika, que respondió por ella.

—Acaba de salir de las garras de ese diablo de Potemkin, ¿no es cierto, Antonia?

En ese instante, el carruaje de la princesa se detuvo ante los portones de la fortaleza. La vieja dama se asomó severa y pronunció las tres palabras mágicas:

—Ghika de Moldavia.

Enseguida les abrieron paso, y al cabo de unos minutos, cuando el coche paró frente a la entrada de la casa, la anciana extendió la mano en la que cabrilleaba su dedil de seda y tocó suavemente la mejilla de Antonia.

—Tienes fuego en la cara —dijo entre dos resuellos—. Eso es lo malo de conocer al Táurico.

Il sait fixer ce qui est plus volatil que l'exhalaison des fleurs.

(Él sabe perpetuar aquello que es más volátil que el aroma de las flores.)

Johann Kaspar Lavater

Se acomodaron en torno a la chimenea y hasta allí les llevaron un chocolate espeso y desabrido. Ghika aseguró que siempre lo tomaba amargo, y que en eso era muy poco griega. A los griegos les gustaba tanto el dulce, que dulcificaban hasta el vino, y aún recordaba que cuando era niña solían verter harina amasada con miel en los toneles de tinto que guardaban en su casa.

El viejo criado que los recibió estornudando la vez anterior parecía totalmente restablecido de aquel resfriado, sin embargo cojeaba, y la princesa Ghika les explicó que Ígor —que así se llamaba— estaba sufriendo de un ataque de gota, pero que se negaba a quedarse en cama y hacer reposo como le había ordenado el médico. A sus ochenta y dos años cumplidos, había permanecido durante más de sesenta a su servicio, y estaba tan acoplado al ritmo de la casa que ningún otro criado, recalcó, ninguno, podría ya sustituirlo. En eso parecía haberle adivinado el pensamiento a Antonia, que se preguntaba por qué no licenciaba al anciano y contrataba a alguien más joven.

—No hay nada como el chocolate amargo para reponerse de los sustos de la pasión —declaró Ghika, flexionando el dedo encapuchado y mirando fijamente a Antonia.

El chocolate amargo, agregó, con una pizca de la *chartreuse* verde que ella mandaba a buscar especialmente al bazar de Viazma. La *chartreuse* verde no tenía nuez moscada, como la blanca, ni cilantro, como la amarilla. Carecía también del regusto picante que le daban los clavos de especia y el cardamomo menor. Pero en cambio contenía tomillo, menta piperita y yemas de álamo, ingredientes que les faltaban a las otras, más extracto de balsamina, que, al igual que el fruto que le daba nombre, estimulaba la simiente en los varones.

Antonia se ruborizó. La princesa se extremaba cada vez que Francisco se hallaba presente. Él, en cambio, esbozó una gran sonrisa y apuntó al viejo criado:

—Quiera Dios que a Ígor no se le ocurra tomar de esa *chartreuse*.

Fue entonces Ghika la ruborizada. Sin responder al comentario, se apresuró a llevar la conversación por derroteros más inofensivos. Aún no había visto a Potemkin, en realidad hacía casi un año que no lo veía. Pero mantenían una gran amistad desde los tiempos en que él había huido del Palacio de Invierno, agobiado porque sus amores con la Emperatriz le consumían tanta energía, que no le quedaban arrestos para ocuparse de sus campañas militares. Había sabido que Potemkin conservaba unas habitaciones en el Ermitage, y que aún solía presentarse allí de vez en cuando, soltando alaridos de lobo estepario, espantando a patadas a los perrillos de la Emperatriz, y arrastrando sobre las alfombras las sucias botas de montar. Casi siempre entraba sin anunciarse a la alcoba de Su Majestad, sacaba por el cogote al Favorito de turno y se lanzaba sobre Catalina como bestia hambrienta. Ella fingía un gran disgusto y lo llamaba salvaje; lo amenazaba con encerrarlo en una jaula, como al notorio Pugatchov, y juraba que lo haría descuartizar lo mismo que habían hecho con aquel bandido. Cuando Potemkin se marchaba, la Emperatriz corría a bañarse y ni siquiera con eso lograba eliminar los piojos, eternos inquilinos en la cabeza del Príncipe de Táurida. Ghika la había visto una de aquellas tardes, recién salida de los brazos de Potemkin, y recordaba que Su Majestad, sumida en éxtasis, parecía una campesina, menos que eso, una pordiosera con el peinador desgarrado, su blanquísima piel tiznada como la de un minero, y despidiendo a su paso un hedor intestinal y rudo, como el de los establos.

Antonia suspiró: en realidad había estado con Potemkin sólo unos minutos, pero le habían bastado para comprender que se trataba de un hombre de muy poco trato. La condesa de Sievers, que había llegado con él desde San Petersburgo, tampoco se había comportado como una mujer muy refinada.

—No viene de San Petersburgo —aclaró Ghika—. Hace tiempo que ella vive en Kremenchug.

Francisco se puso de pie y se acercó a la chimenea para calentarse las manos. Sobre el revellín había unas estatuillas de un mármol rosado, con vetas de un color intenso que parecían hilos frescos de sangre. Las observó encantado, como si esperara algo de ellas: que se estremecieran, o que se quejaran. Ghika le preguntó cuánto tiempo aún le quedaba en Rusia, y él miró a Antonia antes de contestar: en realidad ya le quedaba poco. Pasaría algunos días recorriendo Crimea y luego se marcharía a San Petersburgo. Desde allí se le haría fácil viajar hasta Estocolmo.

—Estocolmo —musitó Ghika—. Sepa que los «especieros» no son muy amigables.

Francisco la miró desconcertado y ella le ofreció más chocolate. Entonces le explicó que la Emperatriz solía referirse de ese modo a los suecos, incluso al propio rey, al que llamaba «Especiero Mayor». Claro que a los ingleses también les tenía un mote: «comerciantes de paños», no se cuidaba de decirlo, ni siquiera cuando estaba delante el ministro Fitz-Hebert. Y eso no era todo: al taimado Ségur, que era después de todo un hombre encantador, lo llamaba Ségur-Effendi, porque, según ella, siempre salía en defensa de los turcos. Para Catalina, el cuerpo diplomático en pleno era su «sopa de guisantes».

Antonia contemplaba distraída el fuego y había dejado intacto el chocolate. Ghika llamó su atención para decirle que no se dejara llevar por los comentarios que había hecho sobre la *chartreuse*.

—Es a los hombres a quienes hace efecto —advirtió—. Nosotras podemos beber cuanto queramos.

—Tómalo —la conminó Francisco—. Hace un momento estabas helada.

Ella frunció el ceño, como si no lo hubiese comprendido, y se sacó del pecho un vozarrón herido:

—¿Y acaso eso le importa? Dudo que le importe nada que no sea usted mismo, y esas locas ideas de gobernar Venezuela.

Francisco endureció la expresión, pero no contestó una palabra. Antonia dio media vuelta y echó a correr hacia la puerta, y justo en el umbral tropezó con el criado, que traía en la bandeja otra chocolatera llena. El anciano se derrumbó suavemente, se oyó el estrépito de la bandeja y Ghika saltó del asiento para acudir en su ayuda, pero Francisco se le adelantó, ayudó a incorporarse al sirviente y le preguntó si tenía algún hueso roto. El viejo negó con la cabeza, todavía aturdido, y acto seguido se estiró el chaleco y se sacudió enérgicamente los calzones, salpicados de chocolate amargo.

—Ígor —se oyó la voz temblorosa de Ghika—, anda a acostarte.

El criado se agachó para recoger la bandeja y empujó con el pie los restos de la chocolatera. Luego hizo un gesto cuya ferocidad alarmó a Francisco y se alejó cojeando rumbo a la cocina.

—Gracias, coronel —disimuló Ghika—, pero creo que ahora debe ir en busca de Antonia. Haré que los lleven a la casa.

Antonia había corrido sin detenerse por los terraplenes de la fortaleza y desembocado en un jardín minúsculo, sobre el que ya se había abatido el invierno. Lo cruzó pisoteando la escarcha y se internó en un descolorido pinar que recorrió a saltos, tropezando con las ramas del suelo y resbalando en el fango congelado. Enseguida sintió las manos y los pies entumecidos, y ya empezaba a subirle el frío por las piernas cuando columbró, asomando detrás de unos arbustos, un edificio de cristal. Trató de correr hacia allí, pero se dio cuenta de que apenas avanzaba, paralizada por el miedo como en un mal sueño; sacó fuerzas de donde no las tenía y se impulsó hacia delante, el frío tocándole ya el vientre. Al llegar al pie del invernadero soltó un gemido y rodó por tierra. Un hombre grueso, de capa y sombrero, se le acercó a toda prisa y la ayudó a levantarse. ¿Quién era ella? ¿De dónde había salido? Antonia balbuceó que era la prima del príncipe Viazemski, gobernador de aquella plaza, y que se había extraviado mientras buscaba una troika. El hombre, un francés a cargo del jardín que preparaban para la Emperatriz, la invitó a pasar a la Casa de Calor. Ella entró tiritando en esa nave imposible, donde la recibieron los aromas revueltos de cien flores distintas.

—Huele a manzanas —suspiró.

Se sentó en un banco y se frotó las manos. Miró a su derecha, hacia una especie de oasis con palmeras, y descubrió que en todas partes había glicinias y mocos de pavo; jazmines y geranios de malva, que eran precisamente los que despedían el aroma a manzanas. Desde el techo colgaba una fiesta de peonías silvestres cuyas semillas le traían recuerdos de sus años en La Habana. La Habana... Cuán lejos estaba ahora su dolor por el naufragio, su miedo absurdo a navegar en medio de la oscuridad y escuchar de nuevo aquellos gritos que la conminaban a salvarse. Lo único que le pedía a la vida era poder seguir los pasos de Francisco en las embarcaciones que fueran, con el oleaje que se presentara, bajo las tormentas que quisiera Dios ponerle en el camino. La Habana... Con semillas como aquellas solía enhebrar unos collares de tres vueltas que se ponía sobre la blusa blanca y combinaba con la falda de colorines que le prestaba una de las esclavas. Su madre, al verla, se persignaba y le exigía que se sacara ese disfraz con el que parecía, más que una andaluza de buena cuna, una raposa abandonada por los cíngaros.

—Le doy esta gardenia, para que la huela a gusto.

El jardinero francés le puso una flor en las manos y Antonia le sonrió desde el fondo de unos recuerdos que la apaciguaban. De repente descubría que las memorias de La Habana y de su propia madre, lejos de quebrantarla, lograban poco a poco devolverla al sosiego. Le preguntó al hombre dónde podía conseguir una troika, y él le recomendó que regresara a la entrada de la fortaleza. No debían cobrarle más de cinco kopeks por llevarla de regreso a la casa. Eso sí, con el frío y las calles llenas de lodo, un pequeño trayecto podía volverse interminable. Antonia se despidió del francés y le aseguró que se sentía con fuerzas para recorrer de vuelta el terraplén y alcanzar los portones de la entrada.

Pasó de nuevo a pocos metros de la casa de Ghika. Hubiera deseado retornar con Francisco, pero no tuvo el coraje de detenerse y llamar a la puerta. A la entrada de la fortaleza había dos troikas y Antonia se dirigió a una de ellas.

—Lléveme a la casa del gobernador —le ordenó al hombre que daba vueltas en torno al carruaje, mascullando una cantilena que parecía dirigida a las bestias.

El otro le contestó una incongruencia y Antonia se dio cuenta de que estaba totalmente borracho. Desesperada, se dirigió a la troika que aguardaba atrás, cuyos caballos, de muy mala lámina, despedían un insufrible olor a carroña.

—A la casa del gobernador.

Aquel cochero, menos ebrio que el anterior, la ayudó a subir y partió lentamente hacia la ciudad. Pero a medida que se internaban en las callejuelas silenciosas, los fue cubriendo una cerrada bruma que les impedía distinguir siquiera las cabezas de las caballerías. Al cabo de media hora, el hombre detuvo la troika. No daba con la casa, se hallaban extraviados y no se veía un alma a quien pudiesen preguntar. Antonia se bajó, ansiosa y entumecida: no, no era posible que se perdieran en una ciudad tan pequeña.

—Entonces —la retó el hombre— dígame usted por dónde debo ir.

Y como para demostrar que no tenía prisa ninguna, sacó una caneca del bolsillo y la empinó tranquilamente, hasta que la hubo vaciado por completo. Antonia no lo pensó un instante, le arrancó la fusta y lo golpeó con tanta fuerza, que el hombre soltó la caneca y la miró aterrado.

—Si no me lleva de inmediato a casa —amenazó con la fusta en alto—, diré que me atacó y haré que lo suplicien en la rueda.

El hombre se restregó los ojos y tomó de nuevo las riendas del carruaje. Volvieron a ponerse en marcha y recorrieron una y otra vez las mismas calles de casas ocultas tras el soñoliento acoso de la niebla.

—Estoy perdido —gimoteaba el cochero—, nos amanecerá dando tumbos.

Por fin, Antonia divisó un recodo familiar. Ordenó al hombre que se detuviera y bajó para acercarse a un promontorio sobre el que se alzaba un pequeño edificio de ladrillos. Decidió que estaban cerca y se adentró en la neblina para buscar nuevas pistas. Al regresar, mandó al cochero que diera la vuelta a la derecha, y unos segundos más tarde, esforzando la vista, alcanzó a ver el frontispicio de terracota, la balaustrada en nichos y el gerifalte que coronaba el emblema de piedra de los Viazemski.

El cochero le pidió diez kopeks y Antonia replicó que no le pagaría más de cinco. El otro alegó que había tenido que trabajar el doble, y ella estaba a punto de enfrascarse en otra discusión cuando sintió que era absurdo estar regateando a esas horas, con ese frío, por unas pocas monedas. Corrió a la casa y golpeó varias veces la aldaba de la puerta. El criado que la recibió quedó tan azorado, que sólo entonces ella se percató del mal aspecto que debía de tener. A continuación lo oyó decir que el príncipe Viazemski quería verla. Antonia fue derecha a su alcoba, pero al pasar frente al espejo al pie de la escalera, se detuvo para mirar su imagen. La falda, raída y húmeda, tenía unos grandes lamparones de fango; fango había también en su corpiño y en su blusa, y hasta en su manteleta de piel. Pero lo peor era su rostro, amoratado por el frío, y los cabellos empapados que se le pegaban al cráneo.

—¡Antonia!

La voz de Viazemski la sobresaltó. Estaba detrás de ella, el rostro contraído y la mirada grave. En todos los meses que había vivido en esa casa, nunca le había visto esa expresión.

—Estoy mojada —respondió—, me muero de frío.

Viazemski hizo un gesto de impaciencia y luego reflexionó.

—Muy bien, ve a cambiarte y baja enseguida.

Subió rápidamente y al enfilar por el corredor tropezó con su criada, que soltó un grito de asombro:

—Virgen Santísima, ¿qué le pasó?

Una vez en su alcoba, se hizo dar fricciones con alcohol y se secó ella misma los cabellos. Guardó la gardenia del invernadero en un pequeño cofre de madera y preguntó a la criada si ya había recogido todas sus cosas. La otra le aseguró que no faltaban más que los sombreros.

—Nos tendremos que ir antes de lo que yo pensaba.

Bajó llena de fortaleza, pero cuando entró al gabinete de Viazemski, lo primero que vio fueron los ojos enrojecidos de Teresa.

—Adelante, Antonia —se escuchó la voz del príncipe.

Ella se encaminó hacia una butaca y, más que sentarse, se desplomó con un suspiro. Viazemski empezó a hablarle sin rodeos: lo ocurrido ese día era tan grave, que había querido que su prima estuviera presente para que escuchara lo que tenía que decirle. Antonia miró al suelo y entrelazó las manos. Como de lejos, le llegaba la voz resuelta de Viazemski y el enfurecido diapasón de sus palabras. Había frases que comprendía y otras que pasaban rozando sus oídos. Del coronel Miranda, ya le había dicho todo lo que podía decirse. Pero se lo iba a repetir una vez más: aquel hombre estaba en Rusia sabría Dios con qué propósitos. No era su asunto averiguarlo. Pero cualquier mujer que se le atravesara en el camino, sólo iba a ser un pasatiempo, mero accidente del paisaje que olvidaría nada más dar media vuelta el carruaje que lo llevara a San Petersburgo. Lo de su aventura en la fortaleza era otra cosa. Había llegado muy lejos y la condesa de Sievers, enterada de su parentesco con la familia Viazemski, había solicitado que se le informara al gobernador de la conducta de aquella joven a la que había encontrado en el retrete de Potemkin. Viazemski pareció perder entonces los estribos. ¿Acaso se había vuelto loca? ¡Sentarse junto al príncipe de Táurida, quien, según le habían contado, yacía desnudo sobre su canapé! ¿Cómo se le había ocurrido? ¿Cómo se había atrevido a tanto?

—El coronel Ribas me llevó hasta allí —balbuceó Antonia—. Pensé que ustedes me esperaban.

¡De ninguna manera!, tronó Viazemski. No podía aceptar que ella fuese tan cándida. Tomar por sí misma la decisión de ir a la fortaleza había sido un gran error. Pero introducirse en las habitaciones privadas de Potemkin... Aquello no era España, ni La Habana, ni ninguna de esas colonias en las que cada cual acostumbraba hacer lo que le viniera en gana. Aquello era Rusia, señora, ¡Rusia!, y allí había un orden, unas jerarquías, una manera de hacer las cosas. La condesa de Sievers estaba indignada. ¿Imaginaba acaso lo que significaba para la familia, para su prima Teresa, para todos en aquella casa? La condesa de Sievers era una mujer influyente. Vivía con Potemkin y viajaba con Su Alteza a todas partes.

—Lamento haber ofendido a la condesa —interrumpió la voz de Antonia, con un repunte de ironía.

Viazemski tocó fondo en su furor y la miró con los ojos inyectados. Antonia se asustó.

—Iré a disculparme. Le pediré perdón.

—Lo que queremos —aprovechó Viazemski— es que no te muevas de esta casa mientras Potemkin permanezca en la ciudad.

—Estoy echando de menos a mi padre —mintió inclinando la cabeza—, ya le escribí diciéndole que regreso a La Habana.

Viazemski no disimuló su alivio y Teresa dulcificó la expresión. Guardaron silencio unos instantes y el príncipe volvió a la carga. Tenía que hacerle una última recomendación. El sábado siguiente se celebraría en la casa la recepción en honor a Potemkin y a todo su séquito. No se oponía a que ella estuviera presente, pero, eso sí, esperaba que guardara la más completa discreción y que, luego de los saludos de rigor, se mantuviera lo más alejada posible.

—Y ahora vete a descansar —dijo por último—. Bien pálida estás.

Antonia se acercó a su prima, la besó en la mejilla y luego hizo lo propio con el príncipe. Al salir del gabinete, caminó lentamente hacia las escaleras y subió los peldaños como si le costara un gran esfuerzo levantar los pies. Se preguntaba qué habría sido de Francisco, si se había quedado en la casa de Ghika o si, por el contrario, había salido a buscarla. Cuando llegó a su alcoba, no esperó siquiera a la criada: se arrancó la ropa, se tiró de bruces en la cama, y se durmió mirando los arabescos de las colgaduras.

Se despertó pasada la medianoche. Le habían echado una manta por encima y colocado una almohada bajo la cabeza. La enternecía pensar que había sido Francisco, pero tuvo que confesarse que lo más probable era que aquellos cuidos se los hubiese prodigado la criada. Tenía sed. Sentía que se le abrasaba la garganta y lo que quedaba en el aguamanil no era bueno ya para beber. Se levantó y se cubrió con su pelliza, y tomó el candil que había dejado sobre el velador. Bajaría a buscar un poco de agua.

Al atravesar el corredor, junto a la alcoba de los príncipes, notó que la puerta estaba entreabierta y que del interior escapaba un estertor intermitente, como una especie de ronroneo que se inflamaba de golpe y decaía enseguida en un silbido. Miró a través de la rendija y vio la faz licuada de Viazemski, mal iluminada por una lucecita de noche que chisporroteaba ahogada en el aceite. Tenía las venas del cuello aún hinchadas, los labios contraídos y amoratados, y de las comisuras le colgaba un hilo de saliva. Sin duda, le había sobrevenido un nuevo ataque y ahora dormía un sueño apresador del que difícilmente podría salir en varias horas.

Buscó a Teresa con la vista. Su prima no se acababa de acostumbrar a esos dolorosos episodios que en los últimos días habían derribado a su marido por lo menos en cinco ocasiones. Tenía que ser el frío, pensó Antonia, o acaso la excitación por la visita de Potemkin y los problemas de aquella plaza. Su resentimiento contra Viazemski, que tan cruel se había mostrado la víspera, decayó ante la compasión que le inspiraron sus manos todavía rígidas, sus pómulos descoloridos, su convulsiva lucha por arrancarle al mundo otra insignificante bocanada. Ella sintió un escalofrío y otra vez la sed, la sed malsana, la sed indomable de la fiebre. Siguió adelante, pensando que Teresa quizá estuviera abajo, buscando una tisana para su marido.

Ella también se haría preparar un cocimiento fuerte, muy caliente, muy cargado de canela.

Bajó las escaleras sin hacer ruido. Sin ruido atravesó el salón y miró en el gabinete, en el comedor y en la cocina. No se veía ni un alma. Entonces volvió sobre sus pasos y se dirigió a los aposentos que estaban del otro lado de la casa. Pero al pasar de nuevo junto al saloncito contiguo al comedor, escuchó una especie de rumor, una respiración aprisionada, un roce cauto y persistente. Adentro no había luz, así que levantó el candil y empujó la puerta con la punta de los dedos. Antes de llegar a distinguir ninguna cosa, escuchó el quejido sobresaltado de Teresa. Pero entre aquella vorágine de sombras, no vio sino el rostro exaltado de Francisco.

Le tomó unos segundos comprender, descifrar el abrazo, la cabellera revuelta de su prima, el rictus animal que había en su boca, la mirada desgarrada y la avaricia de esos brazos que rodeaban las espaldas del otro. Pero aún después, se solazó mirándolos sin estupor ni prisa. Los miró intensamente, con todos sus sentidos; los recorrió con la mirada palmo a palmo, como si el cruento ardor de sus pupilas hubiera bastado por sí solo para destrozarlos. Y de repente, tuvo ganas de palpar sus cuerpos, de mirarlos también con la piel de los dedos, de pasar y repasar su mano enfebrecida por la espalda de Francisco y remansar despacio, cuando estuviese cerca de la nuca, junto a esa mano de hiedra que era la fina mano de Teresa.

—Antonia —escuchó que balbuceaban desde la oscuridad.

Fue como si la despertaran un momento, sólo para volver a derribarla de otro mazazo.

—Antonia —repitió su prima.

Ella bajó el candil y dejó a oscuras los dos rostros. Debía de tener una expresión terrible, porque Teresa repitió su nombre, como si le implorara alguna cosa, como si al retirarles la luz, ella también les estuviera retirando el aire.

—Antonia, escucha...

No quería escucharla. Ya no quería tocarla con su vista. Quería más bien que se desvaneciera, que se desvanecieran ambos, que la vida diera un vuelco en ese instante y que al pasar de nuevo junto al saloncito no se oyera sino el silencio de la noche, el silencio sin fisuras de la nieve, tan desalmado y fascinante como el silencio neto de la muerte.

Pero ahí estaban los dos, a merced de su candil, y ya no había lobreguez en este mundo, no había tiniebla capaz de remediarlo. Dio media vuelta para salir del saloncito, pero antes de cerrar la puerta, se volvió hacia el lugar donde un minuto antes había ubicado el rostro amedrentado de Teresa.

—Tú —le gritó, con una voz de hierro—, tú eres más zorra que la condesa de Sievers.

Aquella noche volvió a soñar con la ciudad que se asentaba bajo las aguas. Una ciudad repleta de palacios, cruzada por canales de un líquido glauco y espeso; azotada por un viento —en realidad era marejada— que arrebataba los sombreros a las señoras y hacía aletear los redingotes de los caballeros. Vislumbró esa ciudad, silente y movediza, con el mismo entusiasmo del que encuentra un rostro conocido en el camino donde se ha extraviado. Desde cualquier lugar por el que se asomara divisaba las riberas y falúas, los puentes de piedra ennegrecida, los bajeles nocturnos que enfilaban hacia la mar furiosa de extramuros. Los veía entre la oleada viva de los tulipanes, por encima de las copas de los sauces y a través de los arcos musgosos que eran las piernas de las estatuas.

—Los Jardines de Verano —le advirtió Ghika cuando ella se lo mencionó—. Has soñado con San Petersburgo, Antonia, y eso quiere decir que debes irte.

Había abandonado la casa de Viazemski la misma noche en que el mundo se le vino abajo por alumbrar abruptamente el saloncito de juegos. Teresa trató de impedir que partiera a esas horas, ardiendo en fiebre y enloquecida por el dolor. Pero Antonia despertó a su criada y ordenó que le prepararan un carruaje. A las dos de la madrugada las detuvieron en los portones de la fortaleza: hasta las seis no permitían la entrada a nadie. Y allí se quedaron, ama y criada, dormitando la una contra la otra en el interior del coche, que de vez en cuando se estremecía por los escalofríos de Antonia.

El viejo criado de la princesa Ghika las recibió en bata de dormir y gorro de noche. En la semipenumbra del amanecer, el anciano levantó el candil para alumbrar los rostros de las dos mujeres. Antonia estaba pálida y comenzaba a delirar, y su sirvienta, viendo que el criado demoraba en hacerlas pasar, sostuvo a la enferma por debajo de los brazos y la empujó suavemente hacia el interior de la casa. Ígor se echó hacia atrás refunfuñando: la princesa Ghika aún dormía y él no estaba autorizado a interrumpir su sueño.

—Despiértela —rugió la criada—. Dígale que Antonia se muere.

El anciano se marchó cojeando y a los pocos minutos regresó para advertirles que Su Alteza se estaba vistiendo, pero que mientras tanto había ordenado que condujera a la enferma a una habitación donde pudiera descansar.

Entrada la mañana, la fiebre subió tanto que Antonia perdió el conocimiento. Entonces llamaron al médico, que apenas verla prescribió que la sangraran dos veces al día y que le colocaran unos emplastos sobre el pecho. Como medida adicional, Ghika le colgó del cuello un amuleto de lapislázuli, bueno para ahuyentar los ataques de melancolía y las fiebres cuartanas. Teresa mandaba a preguntar a menudo por el estado de su prima y, en la noche del tercer día, envió al propio Viazemski para que se informara sobre la gravedad de su parienta. La princesa Ghika mantuvo la calma. Recibió a Viazemski con deferencia, pero no le permitió ver a la enferma para no interrumpir su reposo. Que se marchara tranquilo y tranquilizara a su esposa, ya les avisarían de cualquier novedad. Después de todo, Antonia era joven y fuerte, sin duda rebasaría la crisis y entonces ella la mandaría a convalecer a su casa de San Petersburgo.

—Es una buena muchacha —se condolió Viazemski—, pero se ha venido a enamorar de un aventurero que no la puede querer.

Cuando Antonia recobró el conocimiento, lo primero que hizo fue buscar debajo de la almohada la estampita de la Virgen Negra de Rocamadour, la misma que unos meses atrás le había enviado el maestre canario que le salvó la vida en el naufragio. Aquel hombre, nada más poner pie en tierra, hizo promesa de visitar el santuario de Rocamadour y recorrer arrodillado el sendero de piedras que conducía al altar. Cumplió con la Virgen poco después de dejar a Antonia en Cherson y colocó su ofrenda, una gallinita de oro, junto a las presentallas de los demás marineros que acudían allí para pagar por las gracias recibidas. Lo de la gallinita, le explicó por carta a Antonia, se le ocurrió por lo de las jaulas de pollos que ella se entretuvo mirando mientras estuvo en el agua. De no haber sido por eso quizá se habría desesperado y hundido antes de que él le hubiera dado alcance.

Recién salida del letargo de su gravedad, sin darse cuenta de que se hallaba en la casa de la princesa Ghika, Antonia había tanteado la almohada en busca de la estampa que solía guardar entre las fundas. Se sentía tan débil que

112

apenas podía mover los brazos, pero se entristeció de no poder hallar aquella imagen, que al fin y al cabo era su vínculo con todo lo que estaba a salvo, con lo poco que quedaba a flote. Su criada, que velaba en la misma alcoba, se acercó para preguntarle qué necesitaba. Antonia le suplicó que consiguiera aquella estampa y la criada contestó que mandaría a buscarla de inmediato.

Dos días después, un emisario que venía de la casa del gobernador se hizo anunciar a la princesa Ghika. Al cabo de unos minutos, la criada entró en la habitación de Antonia y, con la expresión más jubilosa de la que fue capaz, le anunció que la Virgen Negra de Rocamadour ya estaba en casa.

—Tráemela rápido —le ordenó la enferma.

Antes de marcharse, la criada la peinó un poco y arregló las mantas de la cama. Antonia tenía la vista clavada en la ventana, por la que se veía, a lo lejos, el espejeante techo de la Casa de Calor. Dentro estaban las gardenias, los mocos de pavo, las palmeras enanas del oasis, y aquel francés que alimentaba a las flores como si fueran pájaros. Oyó abrirse la puerta, y oyó también sus pasos.

—Aquí tienes a tu Virgen.

Ni siquiera volvió el rostro cuando reconoció la voz. Mantuvo la vista fija en los translúcidos tejados del invernadero, como si el simple hecho de aferrarse a sus contornos la ayudara a soportar mejor la frágil realidad de ese momento. Francisco repitió lo de la Virgen y ella evocó la flora adormecida que cobijaban las paredes de cristal, y se figuró que estaba oliendo sus gardenias eternas. Escuchó las mismas palabras por tercera vez y sintió que le venía el alma al cuerpo. Luego Francisco habló sin pausa, sin detenerse a respirar, como si hubiera memorizado

113

aquel discurso en el que no hubo remordimiento ni esperanza. Lamentaba lo ocurrido la otra noche. Teresa estaba muy abatida y avergonzada, y él se sentía, en parte, responsable por el dolor que les causaba a ambas. Hubiera podido justificarse, decirle que no sabía cómo las cosas habían llegado a tanto. Pero la verdad era que lo sabía perfectamente: su prima Teresa estaba sola, enferma de una soledad que únicamente Antonia —y acaso él mismo—, por padecerla tanto, hubiesen podido comprender. Él se marchaba aquella misma tarde a Crimea, junto a la comitiva de Potemkin. Regresaría a Cherson en quince o veinte días y, cuando regresara, quería encontrarla recuperada y firme. No estaba entre sus planes formalizar un compromiso con mujer alguna. Por sobre todas las cosas de este mundo, él no pensaba en nada más que en la liberación de las colonias, en su retorno a Venezuela, en la guerra que todavía no comenzaba, pero que por fortuna se veía venir. Lo que Antonia descubrió aquella noche en el saloncito era quizá lo que él mismo trató de revelarle tantas veces. Esa era la verdad que había entre ambos; la certeza más inmediata de su vida, y ella debía olvidar el hecho de que aquella mujer era Teresa, porque hubiera podido ser cualquiera otra.

—¡No sigas!

Ahora era Antonia la que hablaba, con una voz tan ronca como la de Francisco, apretando en los puños los bordes de las sábanas y tensando tanto el rostro que las mejillas tomaron el mismo tinte carmesí que el damasco de las colgaduras. Ya no tenía necesidad de herirla. Lo había entendido todo al punto, pero cuando él regresara de Crimea no la encontraría ni recuperada ni firme. No la encontraría de ningún modo porque pensaba marcharse de

Cherson. Con respecto a Teresa, seguía pensando exactamente igual que aquella noche: su prima era una zorra y nada que él dijera ahora podría hacerla cambiar de opinión. Hubo una pausa, Francisco pareció reflexionar en lo próximo que iba a decir.

—Entonces, no estarás aquí....

Ella se incorporó y negó con la cabeza. Apenas se sintiera en condiciones de viajar se marcharía a San Petersburgo. La princesa Ghika le había ofrecido su casa en aquella ciudad y permanecería allí unos cuantos meses antes de emprender el largo viaje de regreso a España y quizá, más tarde, a La Habana.

—Te buscaré en San Petersburgo —prometió él, tomándole la mano.

Antonia volvió a mirar por la ventana. La neblina que cada tarde descendía sobre Cherson había cubierto totalmente la Casa de Calor, de modo que no lograba distinguir casi nada, apenas las ramas despellejadas de unas pocas encinas, y los cuajarones de luz que aparecían y desaparecían a capricho del viento.

—Ghika me dará las señas de la casa —se despidió Francisco—. Te buscaré en cuanto llegue.

Ella comprendió que aquello era algo más que una simple despedida. Pasarían muchos meses antes de que volviera a verlo. Pero lo que era todavía más grave: pasarían acaso años enteros, un tiempo infinito, antes de que lograra reunir sus pedazos y volviera a verse con naturalidad a sí misma. Francisco se inclinó para besarla. Aquella tarde, no se había puesto polvos de olor en el cabello, pero todas sus ropas despedían una fragancia de lavanda que la estremeció de dicha. Llevaba, además, una casaca nueva, en la que habían cosido los brandeburgos que le dejara de regalo *monsieur* Raffí, y por una abertura en el costado sobresalía la espada que llevaba sujeta al cinturón.

—A mí esto me parece una tontería —apuntó Francisco, tocando el nudo de cintas de la empuñadura—. Pero Viazemski insiste en que no debo presentarme sin espada ante el Príncipe de Táurida.

—Buena suerte entonces —murmuró Antonia.

Él dio un golpe marcial con los tacones antes de retirarse, y ella contuvo la respiración para escuchar mejor el sonido de sus pasos que se alejaban. Enseguida miró la imagen de la virgen rescatada, la prodigiosa negritud de aquellas manos que dominaban todas las mareas. Acaso por eso soñaba tanto con la ciudad que se asentaba bajo las aguas. Pero una vez que hubo contado a Ghika su visión de aquellos mares repoblados, de los embarcaderos y las grutas, de las estatuas y de los canales, la vieja princesa fue implacable:

—Nada tiene que ver con la Virgen. Has soñado con los Jardines de Verano y eso es señal de que llegó la hora.

Se hallaban tomando el té y el criado Ígor, recuperado por fin del ataque de gota, iba y venía por la casa con paso juvenil.

—Te ha llegado la hora de partir, y creo que también me ha llegado a mí. Nos vamos las dos a San Petersburgo.

Ígor dio un respingo, pero trató de mantener un tono sosegado.

—¿A San Petersburgo, señora? ¿Con este frío?

—Qué más da. Aquí tenemos tanto frío como allá, con la diferencia de que en San Petersburgo, aunque la Emperatriz esté de viaje, siempre habrá fiestas, recepciones, noches enteras de fuegos de artificio, que eso es precisamente lo que necesita esta niña para acabar de espabilarse.

El criado movió la cabeza angustiado.

—Me moriré por el camino.

Por supuesto que no se moriría, aseguró Ghika. Morirían los dos si se quedaban en Cherson, en medio de aquel ajetreo que no podía desembocar en nada bueno. Cada semana llegaban nuevos regimientos, más y más soldados para asustar a los turcos. Y detrás de los soldados llegaban las mujerzuelas, el aguardiente y las gritas de medianoche. ¿Había visto el letrero que habían colgado afuera? POR AQUÍ A BIZANCIO, decía, en letras tan grandes que era imposible no asustarse. ¿Sabía lo que quería decir aquello? Quería decir que los carros de la guerra pasarían por Cherson. Y ella no pensaba verlos. Ya era vieja y no soportaba el hedor de la sangre, los quejidos de los moribundos, esa parte asquerosa de todas las batallas que tiene que ver con las gangrenas y los vómitos, con los soldados cubiertos de porquería, con las tripas moradas y los muñones pestilentes. A ella la espantaban los muñones, siempre la espantaron y por eso ocultaba el suyo. Miró un momento su anular enmascarado y volvió a la carga: viajarían a San Petersburgo, pero viajarían sólo durante el día, en trineo cerrado, con las mejores mantas y una buena provisión de comidas. Claro que si él prefería quedarse, podía hacerlo. Ella se iría con Antonia.

Ígor la miró ofendido.

—Viajaré con Su Alteza —declaró con un hilo de voz—. Así tenga que dejar mis huesos por el camino.

Ghika debió de pensar que tal muestra de fidelidad merecía ser recompensada al menos con una larga mirada de ternura. Luego usó un tono enérgico: no era momento para pensar en la muerte. Por el contrario, a ella le parecía que aquel viaje iba a ser muy entretenido, hasta tendrían oportunidad de ver los preparativos que se hacían a lo largo del trayecto que recorrería la Emperatriz. Potemkin le había dicho que estaban remozando los caminos, y que se les había ordenado a los aldeanos que limpiaran y adornaran sus casas.

Fijaron la fecha de la salida para fines de enero, y a medida que transcurrían los días, Antonia se iba sintiendo más saludable y ligera. Teresa había ido a verla en una ocasión, acompañada por Viazemski, para llevarle el dinero que su padre había mandado con el maestre canario y que le devolvieron íntegro, sin descontar los gastos. Viazemski habló primero. Esperaba que, a pesar de todo, su visita a Cherson le hubiese dejado un buen recuerdo. Luego Teresa pidió a su marido que las dejara a solas. Permanecieron calladas e inmóviles durante un rato, hasta que Teresa se puso a rebuscar en el bolsito que llevaba atado a la muñeca y le entregó un pequeño estuche. Antonia lo abrió con desgana y sacó un broche en forma de guitarra, lo miró un segundo y lo devolvió al estuche. Hablaron brevemente sobre la salud del príncipe, cada vez más quebrantada por la frecuencia de los ataques, y, cuando al fin se despidieron, Teresa intentó una última sonrisa.

—No me quieras mal —le suplicó.

—Ni bien ni mal —respondió Antonia—. Ya no te quiero.

Dos días más tarde, otra visita muy distinta le fue anunciada por el viejo Ígor. Se trataba, según dijo, de un hombre de San Petersburgo que insistía en verla y en hablarle a solas.

—Dice que trae un recado de su padre —abundó el criado—. Por eso lo dejé pasar.

Antonia saltó de la silla y corrió a lo largo del pasillo hacia el salón donde la aguardaba el visitante. Lo vio de espaldas, contemplando las mismas estatuillas rosadas que anteriormente habían fascinado a Francisco. Cuando la sintió llegar, él se volvió para mirarla y ella se detuvo en seco: el hombre tenía un rostro frío y una boca desprovista de color, tan apretada y fina como una antigua cicatriz. Pero fueron sus ojos, aquellas dos pupilas de un verde deslavado, las que le dieron mala espina.

—¿Antonia de Salis? —Su voz cálida y educada obró un pequeño milagro—. Me llamo Pablo Grigulévich.

Antonia lo invitó a sentarse y también ella se sentó muy cerca. Tenía entendido que le traía noticias de su padre.

—No exactamente —musitó Grigulévich—. Pero sé que Juan de Salis estará de acuerdo con lo que voy a decirle.

Era una voz flotante, que se quedaba retumbando en los oídos: «... estará de acuerdo con lo que voy a decirle». Imposible que su padre estuviera al corriente de lo que había ocurrido en Cherson. Era demasiado pronto: no podía saber nada de su enfermedad, ni sospechar de sus amores con Francisco.

—¿Ha visto a mi padre?

Pablo Grigulévich apoyó ambas manos en el puño marfileño de su bastón.

—No —la miró fijo—, para serle franco, ni siquiera lo conozco.

Ella bajó la vista, desconcertada, y en eso apareció Ígor, que venía a servirles té. El otro guardó silencio, pero cuando se vio de nuevo a solas con Antonia, le lanzó el discurso sin ningún rodeo. Había una sola manera de decir las cosas, y él estaba allí apelando a sus buenos sentimientos de hija; a la lealtad que le debía a su Majestad, el rey de España; a su cordura y a sus dotes de mujer honesta y bien criada. Enseguida mencionó a Francisco, enumeró una tras otra sus múltiples fechorías, advirtió a Antonia que más adelante le revelaría detalles íntimos, que acaso podrían parecer impropios a los oídos de una dama, pero que le darían una idea cabal de cuán monstruoso era el destino de aquel hombre que los ocupaba. Sólo así, recalcó, utilizando la verdad más descarnada, lograría que ella entendiera la naturaleza del favor que había venido a pedirle.

Antonia lo escuchó avergonzada, luchando contra un mal presentimiento, tomando pequeños sorbos de té y evitando las pupilas descoloridas que, ante ciertos reflejos de la luz, parecían zambullirse en el blanco de los ojos, solo para volver a flote más diabólicas y penetrantes.

—¿Conoce usted a don Pedro de Macanaz?

Ella le contestó que no y el hombre tomó un respiro antes de proseguir. Era el señor de Macanaz, representante de la corte española en San Petersburgo, quien más interesado estaba en contar con la cooperación de Antonia.

—No sé en qué puedo cooperar —opuso al fin—. Francisco de Miranda ha sido huésped en la casa de mis parientes, los príncipes Viazemski, hasta hace pocos días. Creo que partió a Crimea.

—Pero regresará.

Las pupilas verdes coletearon en la superficie y se sumergieron de nuevo. Antonia se revolvió incómoda.

—No lo sé ni me importa, yo me voy de Cherson. —El hombre pareció meditar unos instantes.

—¿Quiere decir que regresa a La Habana?

—No, señor, voy a San Petersburgo.

120

Hubo una pausa que el otro aprovechó para tomar su bebida. Daba la casualidad, le dijo luego, que lo que él había venido a proponerle era, en primer lugar, que se mudara por un tiempo a San Petersburgo. Echó una ojeada alrededor y preguntó si podía hablarle en un lugar seguro.

—Para mí —musitó Antonia—, no hay lugar en el mundo más seguro que este.

Pablo Grigulévich hizo una mueca, sacó ligeramente el labio inferior y se lo susurró de un tirón, como si las palabras le hirvieran dentro de la boca. El señor de Macanaz había sabido que Francisco de Miranda y la señora de Salis eran buenos amigos. A San Petersburgo habían llegado informes de que los dos solían pasearse a solas por los jardines de la fortaleza. Eso sin contar con que Miranda había disfrutado de la hospitalidad de una casa en la que, por fuerza, tenían que coincidir a todas horas. Lo que esperaban de Antonia, aquel pequeño favor que le pedían —y por el cual sería muy bien recompensada—, se limitaba, en primer lugar, a localizar al señor Miranda en San Petersburgo, algo que no iba a serle muy difícil, y más adelante atraerlo al interior de un edificio, cuyas señas le serían dadas a su debido tiempo. Eso era todo. Ni que decir tenía que una vez concluyera su misión, ella contaría con la protección necesaria para continuar su vida en Rusia o en La Habana.

Antonia palideció un momento y enseguida se puso tan roja que el hombre instintivamente se echó hacia atrás.

—Lo que usted propone es una infamia.

Esperaba, en verdad, una reacción mucho más violenta y pasional. La voz sosegada de Antonia no se correspondía con el rubor colérico que había en su cara.

—Infamia la que cometió Miranda, jugando con dos mujeres dentro de la misma casa.

Ella le arrojó a la cara los restos del té, y le arrojó también la taza, que rodó por la alfombra. No era el momento ni el lugar para insistir, así que Pablo Grigulévich bajó la cabeza y, por unos segundos, miró ensimismado las enfangadas puntas de sus botas.

—Sería bueno que lo pensara —se atrevió a añadir, sin levantar la vista.

Se puso de pie y extrajo un pequeño billete del bolsillo, lo colocó sobre la mesa. Aquella era su dirección en San Petersburgo. Si acaso decidía colaborar con el señor de Macanaz, no tenía más que mandarle aviso, a cualquier hora del día o de la noche. Antonia le dio la espalda y escuchó las palabras de despedida, el sonido de los pasos del hombre que se alejaba hacia la puerta precedido por el chacoloteo triste de los pasos de Ígor. Cuando se supo a solas, tomó el billete y lo leyó en voz alta: Pablo Grigulévich, lugar llamado Ribestzkaya, camino de la Petite Morskoy, San Petersburgo.

—San Petersburgo... —repitió bajito.

Introdujo el billete bajo el forro del corpiño y fijó la vista en las figuras de mármol que estaban colocadas sobre la chimenea, unas estatuillas remotas y carnívoras, cuya vitalidad arrancaba al tiempo un obstinado enigma, una pasión que ella no había logrado descifrar.

Camino a San Petersburgo
1787

Antonia abrió la ventanilla y contempló sobrecogida la inacabable estepa del camino a Kremenchug. No se veía un solo árbol, ni un animal, ni casa alguna sobre la llanura. Sólo la nieve endurecida y los impenetrables promontorios que marcaban el sepulcro de los antiguos jefes cosacos. Lejos había quedado Cherson, con sus casas de adobe, sus palacetes de madera y piedra, sus callejuelas de barro.

Habían salido al filo del amanecer, y Antonia recordaba que, al mirar hacia atrás, la conmovió el conjunto compacto y descolorido que a esas horas ofrecía la ciudad. En las ventanas, iluminadas tenuemente por la lumbre recién prendida, se dibujaban las siluetas de los campesinos que se hacían cruces frente a los iconos tiznados. Antonia también se había hecho cruces antes de partir, frente a la imagen bendecida de la Virgen Negra de Rocamadour, y luego había guardado la estampita en un pequeño cofre de madera, junto con el broche que le regaló Teresa.

El viejo Ígor se había envuelto en una antigua capa de piel de zorro negro, y la criada de Antonia, llena de contento, se había cubierto con una pelliza cedida por Ghika,

125

algo despeluzada y sucia, pero lo bastante gruesa como para abrigarla durante el viaje. Antonia se las arregló con el tapado de pieles más mullido y caliente que pudo conseguir. Sin embargo, fue Ghika quien los deslumbró a todos cuando apareció vistiendo un rico traje de montar, una capa de cebellina parda y un delirante sombrero de plumas que colocó sobre la peluca recién peinada.

—Hay que viajar con el mismo aspecto con que una quisiera que la enterrasen —confesó ante el estupor general.

Ígor movió la cabeza malhumorado. Allá iban ellos, rezongó, derechos a San Petersburgo, en lo más crudo del invierno, cuando la estepa se hallaba poblada de lobos hambrientos y de bandidos que se daban gusto asaltando a los viajeros.

—Aquí no hay más bandidos que los que tú y yo conocemos —lo reprendió Ghika—, y esos no se meterán con nosotros. Andan muy ocupados arrasando con Crimea y moliendo a palos a los tártaros.

El anciano intentó mascullar otra queja, pero Ghika lo detuvo a tiempo:

—Si nos asaltan, tú no correrás peligro. Se llevarán consigo a las mujeres, a nosotras, Ígor. Y a ti te dejarán seguir en paz.

A medida que avanzaban, Antonia descubría que no había nada en el mundo más contagioso que el silencio de la estepa. Poco a poco, las voces dentro de aquel trineo se fueron acallando y, a media tarde, todos dormitaban o hacían como que dormitaban con los ojos entornados y las manos cruzadas sobre el pecho. Sólo una vez, a mediodía, se habían detenido para tomar jamón, pan de centeno y algunos vasos de cerveza tibia que les vendieron en una taberna del camino. Bajaron del trineo y ob-

servaron que los hombres que lo conducían aprovecha-
ban también aquella pausa para embadurnarse el rostro
con manteca de ganso. En poco tiempo, aseguró uno de
ellos, arribarían a la segunda posta, y entonces podrían estirar las piernas a gusto antes de proseguir el viaje. Pero el
tiempo en las estepas transcurría de una manera diferente,
se empozaba en sí mismo como si se deslizara en círculos.
Antonia se acurrucó bajo el tapado y abrió la ventanilla
sin ilusión ni pesadumbre: era el mismo paisaje de llanura quieta y promontorio helado. Y había sido Francisco,
recién llegado a Cherson, quien le enseñó el significado
de esos lomos, que eran lomos de la mano del hombre:
las *moguilás* de los antiguos jefes cosacos, las tumbas que
se habían levantado entre aullidos y lágrimas, bajo el tro-
nante delirio de aquellas noches de hoguera.

La estepa, descubría ahora Antonia, podía lo mismo
apaciguar a un hombre que exacerbarlo hasta la muerte.
Cerró la ventanilla y contempló a sus compañeros de viaje. Sordos e inmóviles ante el paisaje abrumador. Sordos e
inmóviles, como lagartos en tiempo de canícula... ¡Y cuánto echaba ella de menos la canícula! Durante su niñez, en
Cuba, conoció a un negro que criaba lagartos para vender
la carne a los demás esclavos, que eran los únicos que se
atrevían a comerla. De la mano de su padre, Juan de Salis,
ella se había paseado entre las jaulas repletas de reptiles que
soportaban el calor de agosto con la boca abierta y los
párpados a medio consumir. En actitud similar a la que
asumían ahora la princesa Ghika, el viejo Ígor y su criada
Domitila, cada cual resistiendo a su manera el tedio de la
estepa.

Volvió a mirar a la distancia con una avidez que la
desconcertó. Pero no vio sino el mismo horizonte de vér-

tigo y holgura; el páramo compacto y solitario que en unos pocos días también habría de recorrer Francisco. Acaso él miraría, con ojos más despiertos, el paisaje inhóspito que ella soñaba ahora. Lo miraría sin descanso, descubriendo lobregueces, prominencias, secretos códigos de guerra que los demás pasaban por alto. Antonia reparó una vez más en los semblantes amodorrados de sus compañeros de viaje y, de repente, se sintió tan desdichada como si acabara de escapar de otro naufragio: la misma sensación de desamparo, la estepa giratoria y el típico mareo. Francisco retornaría de Crimea, regresaría a Cherson y sobre todo a los brazos de Teresa, a los susurros de la medianoche, a la cópula ardiente que se consumaba mientras Viazemski convalecía de algún ataque.

—Más zorra que la condesa de Sievers —susurró. Entonces sacudió la cabeza y cerró los ojos.

La estepa enervaba, hechizaba a la gente, la desquiciaba a ratos. Y el mejor antídoto contra su influjo era hacer exactamente lo que estaban haciendo los demás: dormitar, más que dormir; sumirse en esa suerte de pesadilla blanda, en la que sólo se escuchaban los ruidos remotos de los arneses y, de vez en cuando, un relinchido agudo y mineral que se quedaba tintineando en los oídos. Así permaneció algún tiempo, soñando con los lagartos de su infancia y despertando sobresaltada, sólo para encontrar los rostros avellanados de Ghika y de Ígor, y los cabellos grifos de la mulata Domitila, que continuaba hecha un ovillo bajo su pelliza.

El grito del postillón y el súbito frenazo del trineo los despertó al mismo tiempo. Ghika miró a su alrededor con extrañeza, como tratando de recordar dónde se hallaba, y la criada se asomó a la ventanilla para averiguar lo que ocurría.

—Hombres —exclamó, metiendo rápido la cabeza—, afuera hay hombres a caballo.

—Ya lo sabía —balbuceó Ígor—, ¡son los bandidos!

Antonia hizo ademán de levantarse y Ghika la retuvo por un brazo: era mejor esperar dentro. Podía tratarse de una partida de cosacos y, en ese caso, había que esperar que ellos tomaran la iniciativa. Al instante sintieron que golpeaban una de las portezuelas; Antonia abrió la ventanilla y vio la cara del postillón, toda cubierta de manteca de ganso.

—Los kirguisos —gritó— me mandan a preguntar si los señores van a comprarles carne de caballo o leche de yegua.

Ghika se adelantó para responder que sí, que querían un poco de carne y que su criado bajaría de inmediato para escoger una buena pieza.

—En mi vida he comprado carne de caballo —se ufanó Ígor.

—Pues hoy tendrás que hacerlo —respondió Ghika—. No conviene que nos vean a nosotras.

Ígor se caló el enorme sombrero de ala ancha y escarapela púrpura, y se embozó lo mejor que pudo con la capa, de modo que apenas se le veían las gruesas cejas blancas y los ojos todavía legañosos. Cuando salió del trineo, los kirguisos ya habían puesto grandes trozos de carne sobre una piel de oveja que extendieron en el suelo.

—Está muy fresca —dijo uno de los vendedores—. El caballo se desnucó hace poco.

Ígor se agachó con dificultad, se quitó el guante de su mano derecha y comenzó a examinar las postas aún tibias y sangrantes. Escogió precisamente la que le causó más repugnancia, porque comprendió que, después de verla, le sería muy difícil continuar palpando los demás pedazos. Preguntó cuánto debía y dos de los kirguisos conferenciaron en voz baja, aunque sólo uno de ellos se dirigió a Ígor.

—Son diez rublos.

—¿Diez rublos? ¿Por ese trocito de carne?

—Diez rublos. Es la mejor tajada, lleva la tripa.

No podía consultarlo con Ghika, pero estaba seguro de que aquella carne no valía ni una décima parte de lo que le pedían. Diez rublos por unas pocas lonchas que seguramente Su Alteza mandaría a tirar después. Ígor registró su bolsillo y entregó las monedas al kirguiso que parecía llevar la voz cantante. Enseguida tomó en sus manos el trozo de carne y se dispuso a entrar en el trineo. La voz de Ghika lo detuvo:

—Dáselo al postillón para que lo mande a salar en la próxima posta.

Ígor estaba extenuado. Se le enredaba la capa a cada paso y le escocía en las manos aquel trozo de carne, pegajoso y nervudo.

—Peor que los bandidos —masculló al entrar de nuevo en el trineo—. Han pedido diez rublos por esa piltrafa.

Ghika se encogió de hombros. No habían tenido más remedio que contentarlos con la adquisición de la carne. De lo contrario, se habrían llevado por las buenas o por las malas los diez rublos, muchos rublos, quién sabe si también a las mujeres. Por fortuna, sólo quedaban unas pocas leguas para llegar a Kremenchug, y entonces permanecerían allí dos o tres días antes de viajar a Kiev. Antonia salió en el acto de su modorra.

—¿A Kiev? ¿Es que vamos a Kiev?

Por supuesto que irían, respondió Ghika. Hubiera sido una pena que, estando tan cerca de la ciudad, la privara a ella y se privara a sí misma del sosiego y el fervor que se respiraba en aquella cuna de santos. Estaba segura de que Antonia disfrutaría mucho más del recorrido si se detenían unos cuantos días en Kiev. Además, quería advertirle que en toda Rusia sólo había tres personas a quienes les estaba permitido besar las manos del Monje Paciente, en las catacumbas de Pecherskoy. Una era la Emperatriz. La otra, el Metropolitano. La tercera, ¿no se imaginaba quién?

—Su Alteza —intervino Ígor señalando a la princesa Ghika—. No entiendo cómo no la sofoca entrar en ese túnel tan angosto, ni cómo no le repugna besar la mano de una momia.

Ghika ni siquiera se interrumpió para mirarlo. Siguió describiendo la infinita belleza del monasterio; la prodigiosidad de aquellas calaveras que exudaban un aceite milagroso con el que había que ungirse; la magnificencia de las tumbas y de los sepulcros, y la gallarda serenidad que aún conservaba el cadáver de Néstor. Antonia ya no la escuchaba. Si se detenían demasiado tiempo en Kiev, se retrasaría el arribo a San Petersburgo. Y era en San Petersburgo donde se encontraría con Francisco; allá la iría él a buscar cuando regresara de Crimea; cuando se despidiera para siempre de Cherson y del malsano influjo de Teresa Viazemski.

—No deseo ir a Kiev —dijo de pronto.

—Pues no hay otro camino —le contestó cándidamente Ígor.

—El coronel Miranda —suspiró Ghika por toda respuesta— tardará varias semanas en llegar a San Petersburgo. Probablemente también decida detenerse en Kiev.

Antonia se mordió los labios y se puso a mirar las casitas de troncos que ya empezaban a motear la estepa. Su criada continuaba durmiendo con la cara medio oculta entre los pliegues del abrigo, y el viejo Ígor se acurrucó otra vez bajo su capa. Más tarde, cuando se acercaban a los alrededores de Kremenchug, aparecieron unos manchones de viviendas que se apiñaban en torno a la casa más grande y mejor construida. Eran las chozas de pedrejón y barro de los campesinos, en cuyas bastas puertas de madera resaltaban una o varias cruces rojas.

—Lo hacen para espantar a los demonios —le explicó Ghika.

No hubo otra seña de la ciudad cercana que los alertara del arribo inminente a Kremenchug. Y cuando vinieron a darse cuenta, ya estaban atravesando unas callecitas lineales y cubiertas de nieve, bordeadas de pequeñas casas de ladrillo y varias tiendas de feria, transitadas por hombres y mujeres que observaban con curiosidad el paso del trineo.

—Potemkin —susurró la anciana— tiene una casa aquí, y otra mejor en Kiev.

Por primera vez, el recuerdo de su encuentro con aquel ogro insaciable le dio a Antonia ganas de reír. No era tan feo como declaraba Teresa. En realidad, aquel comentario de su prima debió de haber sido otra de sus astucias para engañar a todos. Estaba segura de que Teresa, en el fondo, se admiraba de la cara desigual y tosca del Príncipe de Táurida, de sus manos groseras, de la morada carnaza de sus labios. Ghika comentó que Potemkin viajaba a menudo con sus tres sobrinas y se quedaba en Kiev por una temporada, tumbado en su canapé favorito, bajando botella tras botella de esa bebida que llamaban *kvas*, y hartándose de carne salada y remolacha cruda. Antonia se preguntó qué clase de aliento dejarían en la boca los fermentos de las raíces sin cocer, de la carne seca y del licor cerril.

—El *kvas* lo mezcla con aguardiente —prosiguió Ghika—. Y luego duerme durante días enteros, de modo que las sobrinas le ponen el alimento en la boca, para que al menos no se les muera de hambre.

Por fin, el trineo se detuvo frente a una posada a la que entraron para comer y pedir alojamiento. Los huéspedes estaban aún sentados en torno a la mesa y Antonia recorrió con la mirada el extraño conjunto que formaban: un hombre grueso y delicado, muy parecido a *monsieur* Raffi, seguramente comerciante, tomaba sorbos del gran vaso de vino con el que acompañaba su potaje de coles; una pareja compuesta por un militar de edad y una joven pecosa, recién salida de la adolescencia, discutía en voz baja; y una anciana de aspecto venerable, toda vestida de negro, jugueteaba con las perlas de su collar de siete vueltas y mordisqueaba un pedacito de pan. Ghika y Antonia se acomodaron en dos de las tres butacas que aún permanecían vacías y repararon que, frente a la tercera, humeaba un plato de potaje que nadie se había atrevido a tocar.

—Es para el *domovói* —confirmó Ghika—. El duende come primero, porque de lo contrario, atraerá el infortunio a la casa.

—Me muero de hambre —gimió Antonia—, y no me importaría el infortunio con tal de tomarme ese caldo.

La anciana de luto levantó la cabeza y las miró fijamente. Antonia, temiendo que la hubiese escuchado, bajó los ojos y simuló que rezaba. Pero la mujer mantuvo su expresión distante y pronunció una frase en alemán, que ni Ghika ni Antonia pudieron comprender. Al punto llegó la posadera para servirles el caldo espeso, caliente, de un absurdo color escarlata, en cuya superficie flotaban las salchichas.

—Esto tiene buena pinta —se animó Ghika—. Ya ordené que les dieran de comer a Ígor y a tu criada, a ver si se reponen.

Algo iba a responderle Antonia cuando de repente la discusión entre el militar y la joven que lo acompañaba subió de tono. Hablaban en ruso y la cara del hombre tomó un matiz rojizo, se le hincharon las venas del cuello y, poniéndose de pie, abofeteó a la muchacha y la lanzó contra el suelo. La posadera corrió a llamar a su marido y el militar los miró a todos con una expresión tan amenazadora, que Antonia casi hundió su rostro en el plato. Cuando llegó el dueño del establecimiento, ya el agresor se había alejado y sólo quedaba allí la joven, sollozando bajo una lluvia de potaje que iba escurriendo de la mesa y le bañaba los zapatos. La ayudaron a levantarse y el resto de los comensales terminó la cena en el mayor silencio.

Ante la escasez de habitaciones, Ghika y Antonia tuvieron que compartir una misma pieza aquella noche. Y como no había más que una pequeña cama, el posadero preparó una colchoneta para Antonia que colocó en el suelo, y que vistió con las sábanas de lana que Ígor había tenido la precaución de echar en las valijas.

—Nosotros también tendremos que dormir juntos —anunció Ígor, señalando a la sirvienta mestiza de Antonia.

La aludida se persignó y luego siguió resignada al viejo criado.

—No hay peligro —afirmó Ghika, dejando escapar una risita aguda que se entremezcló con un ligero acceso de tos—. Ígor ya no es ningún peligro.

—¿Y usted cómo lo sabe? —preguntó Antonia.

—Acuérdate de que soy un poco adivina —musitó tranquilamente la anciana princesa.

—Entonces dígame: ese militar, en el comedor, ¿por qué golpeó a su mujer?

—No es su mujer —repuso Ghika—, pero eso no lo adiviné. Lo escuché mientras hablaban entre sí. Es su hija y está embarazada de uno de sus subalternos.

—¿Y por eso le pegó?

—No lo creo. Me parece que le pegó porque el viejo sostiene que ese hijo es suyo, no del otro.

Antonia se llevó las manos a la boca.

—Dijo además que la mandaría a Moscú. Que es allí donde quiere que nazca la criatura. Y cuando ella se negó, le fue encima para que no volviera a contrariarlo.

Antonia apagó la luz de una palmatoria que Ígor había dejado junto a la colchoneta y luego intentó dormirse pensando en Francisco. Sin embargo, fue la demoledora imagen de otro hombre la que se alzó en aquellos sueños tumultuosos que se prolongaron hasta bien entrada la mañana. Se veía envuelta en los humos de un caserón revuelto y sin ventanas, que era la casa de Potemkin. Lo había buscado de aposento en aposento, flotando casi, deslizándose ligera hasta llegar a su alcoba. Y allí, junto a la chimenea, tumbado al desgaire sobre un canapé y tomando pedacitos de carne salada de la mano de una muchacha pálida, lo había encontrado al fin, cubierto con la misma piel de oso con que lo vio el primer día, empinando una botella de ese licor agreste al que la convidaba con un gesto. La muchacha siguió a su lado, desmenuzando la carne, y Antonia se acercó para besar a Potemkin. Sintió el contacto de la ruda pelambre de aquel pecho, que poco a poco se fue elevando hasta quedar en posición de apretarse contra el suyo. La boca de aquel hombre olía a comino; olía a la salmuera de la carne que se acababa de tragar y olía, sobre todo, a los alientos carnívoros y humeantes de ciertas bestias del invierno. Fue Potemkin y no Francisco el que la hundió por fin en ese vértigo del que se despertó cansada y suave, con los ojos hinchados y un sabor áspero, como de sangre seca, en la garganta.

Estaba aún acostada cuando vio entrar a su criada, alarmada porque su patrona no había tomado ni siquiera una taza de té. Ghika, en cambio, había desayunado muy temprano y había salido a visitar a unas amigas que vivían en la ciudad. Antonia se frotó los ojos y se levantó más agotada que la víspera, envuelta en los efluvios de aquel sueño, tan vívido y cercano, que casi lo podía palpar. Una vez en el comedor, coincidió con el hombre que la noche anterior, a la luz de las velas, se le pareciera tanto a *monsieur* Raffí. Ahora, con la claridad del día pegándole de lleno en el rostro, lo hallaba tosco y vulgar, con la levita sucia, la peluca maloliente y un cutis tan maltratado por las viruelas que inspiraba repugnancia. El hombre la saludó afablemente y luego se acercó para hablarle en voz baja.

—¿Ya sabe lo que pasó?

Antonia negó con la cabeza.

—El militar de anoche, el que discutía con su esposa, ha desaparecido. Lo están buscando por todas partes y su mujer está muy afligida.

—No es su mujer —replicó Antonia—, sino su hija.

—¿Su hija? Pero si hablaban de la criatura de ambos, que ya viene en camino...

Antonia tragó un enorme sorbo de té, arrepentida de haberle dicho nada. El hombre la miró con desconfianza y siguió devorando unos sombríos pedazos de queso, que pisaba con enormes rebanadas de pan negro. Ígor apareció en ese momento, tosiendo débilmente y trayendo consigo una taza humeante.

—Me he vuelto a resfriar —le dijo a Antonia—. Ya sabía que este viaje no me convenía.

—Me gustaría saber cuándo nos vamos —respondió ella.

—Eso depende de Su Alteza —recalcó Ígor—. Acaso quiera quedarse esperando a Potemkin.

—Potemkin está en Crimea —recordó Antonia—. Demorará unos días.

—Bah, ¿y cree que eso le importa a la princesa Ghika? Dicen que habrá bailes y fuegos de artificio. A Ghika la entusiasman esas cosas.

Había un dejo de ternura en sus palabras. Un acento cálido y emocionado, como el de un padre que relata las travesuras de su hijo.

—Le gustan mucho los fuegos —repitió—, pero más le gusta Potemkin. Si tuviera cincuenta años menos, lo perseguiría por toda Rusia como la condesa de Sievers.

Antonia lo miró con sorpresa y recelo. Entre carraspeos y toses menudas, aquel anciano comenzaba a abundar en unos temas que ella consideraba, cuando menos, impropios de un criado.

—No creo que se quede por Potemkin —afirmó sin mirarlo, tratando de rescatar las distancias y salvaguardar las espaldas de Ghika.

—No la conoce —concluyó Ígor, frustrando todo intento.

Al mediodía regresó la vieja princesa con el rostro radiante, acompañada de otra anciana a la que presentó como *madame* Bibikov, su mejor amiga. Era la esposa del gobernador, en cuya casa se hospedarían por los próximos días, dando tiempo a que arribara la comitiva de Potemkin, en cuyo honor se celebraría un gran baile y se formarían los más hermosos fuegos que se hubieran visto. Hasta un experto chino habían traído para la ocasión.

Ígor le dirigió a Antonia una mirada cargada de ironía. Había que recoger el equipaje: tres *kibitkas* aguardaban afuera para llevarlos a su nuevo destino.

—Allá tendremos tumbillas para calentar las camas —presumió Ghika—, y cuartos de aseo como Dios manda.

—Y música —agregó *madame* Bibikov—. No nos habrá llegado esa maravilla que llaman pianoforte, pero tenemos un excelente clavecín.

Antonia intentó sonreír y le salió tal expresión de desaliento que Ghika se apresuró a consolarla.

—No se puede hacer un viaje tan largo de un tirón. Descansaremos aquí y luego seguiremos a Kiev... Además, ¿no se te ocurre pensar que tal vez el coronel Miranda decida continuar su recorrido junto al Príncipe de Táurida?

Sí, ya se le había ocurrido. Pero no era en Kremenchug —todavía tan cerca de Cherson—, ni tampoco en Kiev, donde ella ansiaba ese reencuentro. Sino en la ciudad sumergida de sus noches de fiebre; en el territorio silencioso y ácueo donde el vaivén de las mareas curvaba el tronco de los cipreses, y hacía ondular las túnicas de las estatuas.

—Los Jardines de Verano —comentó Ghika a *madame*

Bibikov—. Esta muchacha no hace más que soñar con San Petersburgo.

En ese momento, un jinete se detuvo frente a las puertas de la posada, desmontó de un salto y corrió al interior del edificio. Al cabo de unos minutos reaparecieron Ígor y la criada de Antonia, sofocados por el peso del equipaje y el fragor de la noticia.

—El militar de anoche —jadeó el anciano—, ha venido ese soldado para avisar que lo encontraron muerto, colgado de un árbol.

Ghika juntó sus manos y miró pensativa su propio dedo encamisado.

—Otra alma que va derecha al infierno... y otra criatura que llegará huérfana a este mundo.

A los pocos minutos reapareció el soldado, saltó de nuevo sobre su montura y se alejó picando espuelas. De la posada comenzaron a salir unos sollozos desgarrados y la princesa Ghika se apresuró a subir a la *kibitka:*

—Vámonos —gritó desde el carruaje—, vámonos antes de que le traigan el cadáver a esa desdichada.

La vérité est aussi rare que l'apparition des anges.

(La verdad es tan rara como la aparición de los ángeles.)

Johann Kaspar Lavater

Cuando Pedro de Macanaz se destapó la cara, una nube de polvo flotaba en la habitación. El peluquero, con el fuelle aún en la mano, esperó a que se disipara un poco para retocar el peinado. Macanaz pidió el espejo y se contempló con cierta ansiedad: se había hecho colocar un parche sobre la barbilla para disimular un grano, un divieso muy parecido a los de la entrepierna, y ese parche no hacía más que acentuar el deterioro de su cara: estaba ojeroso y tenía mal color. Desvió la vista hacia la peluca, que era acaso la única pieza admirable en aquella desdichada cabeza suya. Al tupé, alto y parejo, no se le escapaba un solo pelo, y los bucles, a ambos lados, despedían una especie de resplandor dorado que lo llenó de asombro.

—Es polvo de oro —le explicó el peluquero—. Lo han puesto de moda los *macaronis,* que ya no saben qué ponerse en la cabeza.

—¡Seso! —exclamó una voz a sus espaldas—. ¡Lo que hay que ponerles en la cabeza es seso!

Macanaz se dio la vuelta y vio a Pablo Grigulévich, su figura desgarbada recortándose bajo el dintel de la puerta.

140

—Por fin —exclamó—. Espero que me traiga buenas noticias.

El peluquero, que había reaccionado con un mohín de cólera a la broma del recién llegado, sacudió el polvo de los hombros de su cliente y comenzó a recoger su instrumental. Pablo Grigulévich se acercó a Macanaz y contempló desde arriba la abrillantada superficie de la peluca, pero sobre todo reparó en el lazo negro, adornado de pedrería, que remataba la «colita de cerdo».

—Y eso, ¿también es polvo de oro?

—Eso es un poco más que polvo —sonrió Macanaz—. Son diamantes, amigo mío, pequeños pero legítimos.

El peluquero pidió a su cliente que levantara el rostro y le oscureció las cejas con un carboncillo, luego recogió frascos y cepillos, y los metió en el mismo estuche donde llevaba las pomadas y los lunares postizos.

—Por supuesto que le traigo buenas noticias —respondió tardíamente Grigulévich—, mejores de las que se imagina.

Macanaz pagó al peluquero y le ordenó que, al retirarse, cerrara bien la puerta. Enseguida comenzó a vestirse y miró de reojo al visitante, que tomaba rapé de una cajita.

—Pensé que no le gustaba el rapé.

—A falta del narguile, bien me conformo con esto.

Todo aquel rodeo, a Macanaz le pareció deliberado, como si el otro calculara mentalmente hasta qué extremos llegaba su ansiedad.

—¿Vio a la señora de Salis? —preguntó por fin, sin poder contenerse.

—La vi —respondió Grigulévich—. Es muy joven y muy española. Parece una mora.

A Macanaz le importaba poco su apariencia. Quería saber qué le había dicho, si había sido atenta, si se veía dispuesta, o al menos inclinada a colaborar en ese enojoso asunto del venezolano.

—El coronel Miranda andaba por Crimea. ¿Adivine con quién?

Macanaz susurró la respuesta.

—Con Potemkin.

—Exacto. Ya dio con Potemkin y se hizo invitar a un recorrido por el sur. En cuanto a la señora de Salis, en este instante viene hacia San Petersburgo, al cuidado de una princesa griega, viuda de un príncipe de Valaquia, una tal Ghika.

—¿Con esa bruja?

Macanaz se echó las manos a la cabeza. Aquella niña no tenía lo que se dice buen tino para escoger a sus amistades. La mujer a cuyo abrigo estaba viajando había sido una conocida alcahueta de los personajes más poderosos de la corte. Y se decía que aún le prestaba servicios a Potemkin.

—A Potemkin... —repitió ensombrecido Grigulévich.

—A Potemkin, sí, y a Alexander Bezborodko, y a Piotr Rumiántsev, ¿quiere que siga?

Ambos guardaron silencio para digerir sus respectivas sorpresas. Al cabo de un minuto, Grigulévich prosiguió:

—Usted deseaba saber si Antonia de Salis era amiga de Miranda. Y ahora puedo asegurarle que han tenido algo más que una simple amistad, lo que a ella le causó problemas con los Viazemski.

Macanaz asintió esperanzado. Ese Fabré, después de todo, era un buen confidente. Había sido el comerciante ginebrino quien descubrió el romance entre aquella muchacha española y el farsante de Miranda, y quien le sugirió además la posibilidad de aprovechar aquella relación en beneficio suyo.

—Parece que al discutir con sus parientes, se refugió en la casa de la princesa Ghika.

—Pues cayó en la boca del lobo —sentenció Macanaz—. Si no nos damos prisa, la vieja se la entregará en bandeja de plata a cualquier monigote de San Petersburgo. Y entonces sí que los perderemos a ambos, a ella y a Miranda.

No se podía hacer más de lo que se había hecho, advirtió Grigulévich. Cierto que él se abstuvo de intimidarla, o de ofrecerle abiertamente alguna remuneración. Había apelado, más bien, a los sentimientos de Antonia como hija y como súbdita del rey de España. Eso sí, le sugirió veladamente la posibilidad de que su ayuda le fuese bien recompensada. Como era de esperar, Antonia de Salis en principio rechazó su oferta, aunque la experiencia le decía que las cosas con el coronel Miranda tampoco le iban bien.

—Y a fe mía que le irán peor —apostó Macanaz.

—Tuve una corazonada —añadió Grigulévich—, le tendí una pequeña trampa y cayó como un pajarito, sin querer me confirmó lo que era sólo una sospecha mía. Ahora falta que responda como esperamos. Ya sea por despecho, o por temor al padre, lo importante es que se comunique con nosotros.

—Si de algo sirve —observó Macanaz—, sé dónde vive la princesa Ghika.

—También lo averigüé. Pero no hay que insistir demasiado. ¿Alguna vez ha visto a los pescadores rusos sacando las percas de los ríos en invierno? Abren una zanja

143

en el hielo y luego meten una red para atrapar al pez que viene a respirar. La clave está en colocar unas palizadas para que no huyan hacia el río. Pues nosotros hemos colocado la palizada. Pero nos queda el trabajo más duro: abrir la zanja y tirar la red. Si ella no da señales, ya propiciaré yo un encuentro que parezca casual.

Pedro de Macanaz se había calado su bicornio emplumado cuidando mucho de no estropear la peluca. Se miró al espejo y encontró sus piernas tan bien torneadas bajo las medias de seda, que se olvidó de la decrepitud del rostro y el grano en la barbilla. Enderezó las hombreras de su casaca y le hizo un guiño a Pablo Grigulévich.

—Tengo una cita en lo del conde Valentini. Habrá un baile íntimo, ya sabe usted, al gusto turco. Si le interesa, puede venir conmigo.

—Se lo agradezco —contestó el otro—, pero acabo de llegar, no estoy en condiciones.

—Usted se lo pierde —sonrió Macanaz—. El tal Valentini tiene la casa y el genio muy bien dispuestos para el asunto.

Se despidieron y cada cual tomó un carruaje en dirección opuesta. Pedro de Macanaz, que estaba del mejor humor, contempló con satisfacción el helado paisaje que se divisaba desde el extremo de la avenida Nevski y aún más allá, tras los malecones de granito: el río estaba totalmente congelado y a esas horas apenas se veía a un puñado de transeúntes que apuraban el paso camino del mercado. En cambio, en las calles pululaban decenas de trineos tirados por caballos fineses, de patas cortas y macizas, y a las puertas de los hoteles y palacios los criados prendían pequeñas hogueras, paleaban la nieve y abrían brechas para el paso de los coches. Acababan de dejar atrás el puente sobre la Fontanka, cuando el cochero le cedió el paso a una reata de mulas que arrastraba una galera abierta con dos enormes bultos. Oyó al cochero preguntar por la naturaleza de la carga; y al hombre que parecía dirigir aquel transporte informarle que eran «dos piedras viejas» que había traído Vallinin.

Macanaz asomó la cabeza:

—¿Está Vallinin en San Petersburgo?

—Ya no —respondió el hombre—, sólo vino a dejar estas piedras.

Macanaz se rió de buena gana. Jean-Baptiste Vallin de la Mothe había sostenido dos inútiles batallas durante sus largos años de trabajo en Rusia: una, para que aquellas gentes pronunciaran con alguna propiedad su nombre; la otra, para que dejaran de tomar por «piedras viejas» las esfinges egipcias y los cipos etruscos que él mandaba a comprar a precio de oro, con el único fin de decorar los edificios que le comisionaban. En ambos casos había perdido el tiempo: después de más de veinte años, los peones seguían llamándolo Vallinin y tratando a aquellas irrepetibles piezas como futuro ripio. Tanto Vallin de la Mothe como su enfebrecido rival, ese loco de Giacomo Quarenghi, habían tenido que recurrir al palo para impedir que los peones arruinaran «las piedras viejas», martillando en ellas, o raspando el barro de los zapatos.

El carruaje de Macanaz volvió a ponerse en marcha y cruzó por entre los canales helados, se internó en las callejuelas temporeras que se habían abierto sobre el hielo de los ríos, y pasó junto a las barracas del regimiento Preobrajenski, envueltas siempre en las picantes humaredas que despedían sus doscientas fogatas alimentadas día y noche. Al cabo de una hora, se detuvieron frente al pórtico central de un palacete, cuyo ornamento, por sí solo, predisponía el ánimo para lo que aguardaba dentro. Era la segunda vez que Macanaz se detenía a mirar aquel alto relieve, piedras con forma de mujer que él hubiera dado cualquier cosa por palpar, olfatear, paladear. No disculpaba a los peones de Vallin de la Mothe por no haber aprendido a pronunciar su nombre, pero los comprendía perfectamente cuando, después del segundo o tercer vaso de licor, se rompían los dientes tratando de morder el pórfido de un vientre, o el diaspro congelado de unas buenas tetas.

Un criado le abrió la puerta, y el mayordomo vino a su encuentro para tomar sombrero, bastón y capa, y conducirlo al saloncito decorado en tonos púrpura que él conocía muy bien. Unas semanas antes, y para celebrar su cumpleaños, el conde Valentini había hecho traer de Crimea a seis bailarinas tártaras que al final fueron distribuidas entre la reducida concurrencia. A Macanaz le correspondió la más robusta, una mujer morena que había sido primera bailarina del último *kam*. Aquella tarde, él se había olvidado de sus miserias ocultas; después de todo, no llegó siquiera a desnudarse, por lo que no fue necesario poner en evidencia los desastres de su cuerpo. Y antes de abandonar la fiesta le habían quedado bríos suficientes para tumbar a otra muchacha, circasiana de nación, sin talla ni hermosura memorables, pero poseedora de destrezas tales que se sintió transportado, recogido, triplicado y seco, todo en un solo abrazo. Nunca le estaría lo bastante agradecido al conde Valentini por abrirle las puertas de ese mundo que le había devuelto el ansia de vivir, de encargarse casacas cada vez más vistosas, de dejarse peinar sin remilgos, con las osadas modas de su peluquero. Y, sin

146

embargo, Valentini podía prestarle otro servicio todavía más decisivo. Porque esa casa de pórtico ensoñado, de ardorosos frisos, de laberíntico y mullido interior, podía convertirse, en el momento indicado, en la ratonera ideal para atrapar a Miranda. Era posible que en San Petersburgo el venezolano tomara precauciones; quizá evitara salir solo o acudir a citas con desconocidas. Pero si la señora de Salis colaboraba, todo sería más fácil. Miranda entraría feliz y voluntariamente en esa casa, sólo para salir atado y narcotizado en dirección al puerto. En cuestión de pocas semanas se le pondría a buen recaudo en las cárceles de España y él, don Pedro de Macanaz, estaría por fin en posición de solicitar un destino más cálido.

Suspiró satisfecho y en ese instante se acercó Valentini para saludarlo. Se inclinó con disimulo y le susurró unas palabras: ¿Recordaba a la bailarina de la otra vez? Macanaz necesitaba precisar: ¿La más robusta o la circasiana? Gulchah, precisó su anfitrión, la más robusta, estaba allí, pero había otros caballeros interesados. Macanaz, por supuesto, tenía preferencia, aunque era conveniente que ofreciera una gratificación a la muchacha, ya que había accedido a esperar por él para el primer sacrificio. Macanaz soltó una risita de hiena cuando escuchó aquella expresión.

—La gratificaré, Valentini, pierda cuidado.

Poco después comenzó el baile y circularon copas de un licor verdinegro: era la inevitable *chartreuse*. Valentini, despechugado y radiante, se elevó entre los cojines y pidió en broma que fueran cautelosos con el licor, que él mismo había mezclado con elixir italiano. Macanaz permaneció alelado, con los ojos fijos en el cortinaje de arabescos por detrás del cual, muy lentamente, comenzó a asomar la portentosa pierna de su bailarina. Tan pronto salió de su escondite, ella lo buscó con la mirada, y una vez lo hubo localizado se acercó envuelta en sus velos. Macanaz apuró el licor y ordenó a un criado que le volviera a llenar la copa. Ella avanzó, mirándolo desde su altura, contoneando levemente las caderas al compás de las notas de una viola de amor y unos flautines, cuyos ejecutantes se mantenían ocultos. Cuando ya estaba junto a Macanaz, estiró las manos y le tomó la cara. Sin dejar de moverse, se inclinó hasta que la boca del hombre quedó a la altura de sus pechos, entonces lo atrajo hacia sí y él la dejó hacer, tan dócil como un cachorro, percibiendo como entre sueños que la mujer lo zarandeaba, lo apretaba contra sus pezones súbitamente descubiertos y al final lo arrastraba, como leona herida, a su imposible madriguera. Los ruidos de la fiesta se escuchaban extrañamente remotos y él apenas tuvo un momento para darse cuenta de que la bailarina lo había desnudado. Sintió un escalofrío al pensar en sus pantorrillas falsas, en los sabañones morados y hasta en el parche que se había puesto en la barbilla. Pero ella no le dio tregua: le arrancó la peluca de un tirón y se la puso, muerta de la risa, sobre su propia cabellera negra. Macanaz dio un alarido de placer cuando la vio volcarse y cabalgar sobre su cuerpo, y ya no tuvo más conciencia de sí mismo hasta que despertó del todo, varias horas más tarde.

Miró a su lado y vio el rostro exhausto de la bailarina dormida, y cuando se incorporó sobre los cojines, observó que por todas partes yacían parejas anudadas, algunas todavía jadeantes, que habían echado mano de las zofras y los almohadones para acurrucarse. El conde Valentini, tumbado sobre un almadraque, tenía una mano cruzada sobre el rostro y la otra puesta sobre la espalda de un gordito capitán de artillería, recién llegado de Moscú. Macanaz se levantó, cansado pero dichoso. Apartó edredones y velos para buscar su propia ropa, y rescató la peluca de entre las manos de la bailarina, que aún la oprimía contra su regazo. Se aseguró de que el lazo de la coleta conservaba su guarnición de diamantes y, antes de marcharse, extrajo varias monedas de una bolsita que llevaba atada al chaleco. Se agachó y trató de despertar a la mujer, que entreabrió los párpados, le dijo un par de incoherencias y se volvió hacia el otro lado. A duras penas, él le tomó una mano para depositar en ella las monedas. Entonces se percató de que aquellos dedos largos y poderosos de campesina tártara, al contacto con su peluca, se habían manchado con el polvo de oro. Por esa sola imagen se acordaría de ella en lo adelante. Por esa mano de fuego que iba a reinar sobre sus sueños y fantasmas.

—Eso que ves ahí delante es Kiev.

Habían bajado del carruaje y Antonia observó, a lo lejos, la meseta donde se asentaba la ciudad: el estanque púrpura de los tejados, las cúpulas doradas de las iglesias y un par de domos escarchados, teñidos de un azul turquesa que sosegaba el alma. Más allá, la silueta agrisada de la muralla que serpenteaba entre su propia bruma.

—Aquella torre tan alta —agregó Ghika— es el campanario de la Laura, y ese río es el Dniéper.

—El Borísthenes —la contradijo Ígor, a quien el simple esfuerzo de bajar del carruaje le provocó un ataque de tos que lo mantuvo unos minutos encorvado, como si estuviera examinando el suelo.

—Todavía no estás bien —le advirtió ella—. Deberías haberte quedado dentro del coche.

Ígor simuló no haberla escuchado y permaneció con la mirada perdida en el paisaje. Al poco rato, Ghika los conminó a todos para que volvieran a sus puestos.

—Tenemos que alcanzar la Laura antes de que empiece a nevar.

Antonia fue la primera en subir al coche. En realidad, la visión de la ciudad tan sólo la animaba en la medida en que la acercaba a San Petersburgo. Cuando Ghika se decidió a salir de Kremenchug, su viejo criado había caído postrado por unas fiebres que no cedieron durante varios días. Las tres mujeres se turnaron para cuidarlo, y tan pronto Ígor dio señales de mejoría y fue capaz de levantarse sin ayuda, resolvieron continuar el viaje. Los mejores caminos estaban reservados para la comitiva de la Emperatriz, y el trineo tuvo que desviarse por veredas improvisadas o demasiado estrechas, en las que a veces faltaba la nieve o, en el peor de los casos, se presentaba tan blanda que quedaban atascados durante horas enteras.

—Las calzadas principales limpias y vacías —se lamentaba Ígor—. Y nosotros aquí, hundidos en estos degolladeros de gente.

De vez en cuando aparecía una carreta en dirección contraria, que transportaba racimos de hombres maniatados y mal vestidos. Eran los locos, los tísicos, los enfermos del gálico, los que se revolcaban del dolor por causa de los cólicos y los tumores blancos.

—Los llevan lejos —explicaba Ghika—, donde Su Majestad Imperial no pueda verlos.

Otras veces se topaban con largas filas de campesinos que acarreaban pailas de pintura, estacas de madera y carretones rebosantes de tejas de álamo temblón; cargaban entre todos con las patas floridas de los arcos triunfales, o con los entramados gigantescos de las fachadas de embuste.

—Son decorados, como los de la ópera... A la distancia, Catalina creerá que son casas auténticas.

Finalmente, cuando los caballos no dieron más de sí, Ghika ordenó que se desocupara el trineo y se montaran dos *kibitkas* para continuar el viaje: Antonia viajaría con ella, y Domitila lo haría con Ígor, cuidando de que el anciano se abrigara y tomara sus jarabes. Para comer las pocas provisiones que aún llevaban, decidieron entrar en la cabaña de un maestro de postas, cuyos hijos corrieron a esconderse tan pronto vieron llegar a los viajeros. Sentada en un destartalado taburete, temblando por el frío y la humedad, Antonia apenas probó el pedazo de pastel que le sirvió su criada. Más que la miseria de la vivienda, lo que la trastornaba era el olor a podredumbre que lo impregnaba todo, y que parecía provenir de aquellos agujeros tenebrosos por donde había desaparecido la numerosa prole del maestro de postas. Antes de subir de nuevo a la *kibitka*, se arrimó a un árbol para vomitar.

—Mal síntoma —se alarmó Ghika—. Déjame tocarte el vientre.

Antonia se abrió la pelliza y, por encima del vestido, Ghika palpó primero sus pechos y después su estómago.

—¿Cuánto tiempo hace que no te ves a solas con el coronel Miranda?

—Mucho —respondió Antonia—, más de dos meses.

La princesa le palpó entonces las caderas, y al terminar dio un suspiro de alivio.

—Pues no. Es la repugnancia que te dio esa casa. Se ve que cocinan las bostas de los caballos. Las cocinan y se las comen envueltas en hojas de col. También se comen a los perros y a las ratas.

Antonia reclinó la cabeza, todavía lívida y haciendo arcadas.

—No has visto nada —prosiguió Ghika—. Muchos de esos hombres prefieren fornicar con sus vacas, y las mujeres van donde la autoridad y los denuncian. ¿Sabes por qué prefieren a las vacas?

Pronunció un «no» desolado. Mantenía una mano sobre la boca y los ojos llenos de lágrimas.

—Hay algo en el interior de las bestias, algo que los atrae más que las caricias de sus mujeres. Es una baba negruzca, de un color muy parecido al de la leche de yegua que beben los tártaros.

El resto del viaje Antonia lo pasó tratando de olvidar esas imágenes: la cabaña del maestro de postas y la estampida de los niños; el insondable ayuntamiento de hombre y vaca, y el hálito del mal amor. Pero casi todo se disipó al columbrar desde aquel promontorio la ciudad de Kiev. Lo peor había quedado atrás, también el asco y el dolor de las preguntas: ¿Cuándo fue la última vez que estuvo a solas con el coronel Miranda?

Bajaron por unos senderos cubiertos a la rusa, con cientos de tablones mal cruzados, y desde allí siguieron por la misma clase de enfoscadero cenagoso, aclarado a ratos por la nieve. Adelantaron de esa suerte unas cuantas verstas, hasta que poco a poco el camino se empinó y las dos *kibitkas* se internaron lentamente en la ciudad. Habían entrado por lo que parecía ser una calzada poco concurrida, bordeada de una doble fila de abedules que crecían salvajes, y por órdenes de Ghika se detuvieron a comprar roscas de pan a unas enclenques vendedoras que pregonaban con el barro a media pierna. Los escasos transeúntes los miraron sin curiosidad: estaban habituados al arribo diario de cientos de peregrinos, a la afluencia cotidiana de soldados y dignatarios extranjeros, y al ajetreo de última hora por el arribo inminente de la avanzada de la Emperatriz.

Cuando llegaron a las puertas de la Laura, bajo la iglesia de la Santa Trinidad, Antonia todavía estaba aturdida por el zarandeo del coche. Fueron directo hacia el portillo de un pabellón de sillería en el que no había aldaba, sino una soga de la que tiraron varias veces. Les abrió un monje seco, con el rostro medio oculto tras un capucho puntiagudo, que movió la cabeza cuando escuchó la petición de Ghika, y la rechazó con una simple frase: «La hospedería está llena».

—Para la princesa Ghika —replicó ella, separando las sílabas— siempre ha habido un aposento entre estas santas paredes.

El monje no se inmutó. Quizá en el pasado, cuando no había tal cantidad de gente en la ciudad. Pero en esos días se habían visto obligados a rechazar a no pocos nobles, y a distinguidos extranjeros que también pretendían alojarse en Kievo-Pechérskaia. Las pocas estancias que quedaban vacías estaban reservadas para la comitiva del príncipe Potemkin, a quien esperaban de un momento a otro.

Ghika apretó los labios y, como siempre que estaba disgustada, levantó la mano y agitó el dedo proscrito.

—Le repito que para Ghika de Moldavia siempre hubo aquí aunque fuera una humilde celda.

El monje negó con la cabeza y se echó atrás para cerrar el portillo. Ghika palideció de rabia y se quedó inmóvil durante unos segundos. Luego tragó en seco y se dirigió a Antonia:

—Puedes creerme que jamás me había visto en situación semejante. Me quejaré a Su Majestad. No voy a tolerar que se me trate como a la mujer de un mujik.

Estaba a punto de echarse a llorar cuando el cochero, que presenciaba la escena, se acercó para decirles que al otro lado de la ciudad, en el lugar llamado Starokievski, había una buena posada en la que acaso podrían encontrar albergue. La princesa meditó unos instantes.

—Llévenos allá.

La posada estaba enclavada en la ribera sur del río, al pie de una colina salpicada de cabañas de madera. Tampoco allí quedaban muchos aposentos, apenas dos, según les informó el posadero, pero se apresuraron a tomarlos y decidieron compartirlos como ya lo habían hecho en Kremenchug. La criada de Antonia se resignó sin chistar: estaba tan extenuada que no le importaba dormir con Ígor. El viejo criado, por su parte, parecía más débil que la víspera, y durante todo el trayecto a la posada había estado tosiendo y llevándose las manos al pecho.

—Si mañana sigues así —murmuró Ghika—, tendremos que llamar a un médico.

Las alcobas eran tan buenas que la anciana princesa pareció olvidarse de la humillación sufrida en el monasterio. Había camas y mantas, y cuando terminaron de calarse sus respectivos gorros de dormir, Antonia suspiró para sí y para el ancho mundo:

—No veo la hora de salir de aquí...

Ghika poco a poco recobraba el entusiasmo perdido.

—Piensa que Potemkin viene en camino. Probablemente el coronel Miranda esté con él.

—Las cosas no son tan sencillas —replicó Antonia—. Francisco no está de buenas con el gobierno español. Lo mejor sería escapar de Rusia.

—¿Escapar? —se escandalizó Ghika—, ¿quién piensa en escapar? ¿Y adónde? En San Petersburgo estarán más seguros que en ningún lugar.

Antonia se dio la vuelta en la cama y tardó mucho en dormirse. Aquella noche no soñó con nada digno de ser recordado. No hubo arriates de estrellas de mar, ni esturiones plateados mordisqueando la hiedra. No hubo nada, ni siquiera mar. Soñó, sólo un instante, con un camino abierto en la nieve, una verja menuda y siete cúpulas que se abrasaban al calor de sus propias doraduras.

—La catedral de la Ascensión —decidió Ghika a la mañana siguiente—. Soñaste con la catedral y deberías volver a la Laura, decir unas cuantas oraciones por ti y por mí, porque lo que soy yo, no vuelvo a poner un pie en el monasterio.

El viejo Ígor, mejorado ya por el descanso, desempacaba el equipaje. Al escucharla se dio la vuelta:

—¿Es que Su Alteza no piensa volver a rezar?

Claro que rezaría, se indignó ella. Lo que sobraba en Kiev eran iglesias. Aunque ninguna iba a brindarle el aliciente de las catacumbas, o el consuelo de las manos del Monje Paciente, santas manos insomnes que ella nunca se resignaría a no volver a sentir entre las suyas.

Aquella misma tarde arribó la avanzada de Potemkin. Las calles, iluminadas por miles de antorchas y adornadas con guirnaldas, se vieron de pronto inundadas por un gentío que entraba y salía de las tabernas, formaba corros en torno a los emisarios, y se escandalizaba en los burdeles, escuchando las ocurrencias de los bufones, quienes llegaron desde todas partes para alegrar en ocasión tan señalada cada rincón de la ciudad. Al filo de la medianoche, sesenta y cinco soldados atravesaron la calzada principal haciendo sonar sus magníficos cuernos de caza. Antonia, llevada de la mano por la princesa Ghika, asistió, por segunda vez en su vida, al espectáculo glorioso y aterrador al mismo tiempo que era la entrada en cualquier plaza del Príncipe de Táurida.

—Míralo —la animó Ghika—, ¿no te parece un césar?

Vistiendo el uniforme militar, cubierto por una capa gris que le llegaba a los tobillos, Potemkin caminaba con su cadencia de oso redimido entre la multitud que vitoreaba, lanzaba al aire los sombreros y sollozaba al bendecir su bien bragado nombre.

—Míralo bien, para que lo recuerdes cuando te hagas vieja.

Pero Antonia ya no miraba a Potemkin, sino que recorría uno por uno los rostros de los demás miembros de la comitiva. Por un momento, le pareció haber visto la cara de Francisco medio oculta por el plumaje blanco de un sombrero, pero enseguida la perdió entre la marejada de pelucas y tricornios. Pese a los esfuerzos que hizo Ghika, agitando un pañuelito azul de encaje y gritando: «¡Grisha, Grisha!», Potemkin no la vio. Siguió de largo junto a sus edecanes, y, entre la multitud que lo rodeaba, Antonia reconoció en el acto el perfil inconfundible del coronel De Ribas.

—¡Ese —le gritó a Ghika—, ese fue el bandido que me condujo al retrete de Potemkin!

—¿Bandido, dices? Es el napolitano más correcto que he conocido nunca. Por el contrario, nunca te fíes de aquel gordito que está a su lado. Es el príncipe de Nassau-Siegen, tiene fama de ser muy retorcido.

Antonia reparó un instante en aquel hombre y enseguida miró hacia la cola de la comitiva.

—No ha venido con él —musitó como para sí misma.

Ghika también miró en aquella dirección.

—¿Te refieres al coronel Miranda?

—La condesa de Sievers —agregó la otra—. No veo su *kibitka*.

—Debe de haberse quedado en Kremenchug —se burló Ghika—. No por su gusto, desde luego. Dicen que Potemkin se disgustó con ella en Cherson. A la primera oportunidad, ¡plaf!, la soltó como si fuera un zapato.

Acompañó con un soberbio gesto sus palabras y elevó el pie con tanto impulso que golpeó las corvas de un caballero de tricornio y capa que también observaba el desfile. El hombre se volvió con el rostro lleno de estupor.

—Mil perdones —balbuceó Ghika.

Él hizo un gesto restándole importancia, pero los ojos se le fueron hacia el dedil de seda que la anciana llevaba en la mano derecha. Antonia había bajado la vista, más divertida que apenada, y sólo alcanzó a ver las facciones delicadas, como las de un niño pero en un rostro viejo, y la piel cubierta de lunares.

—Con tanto truhán que hay en la calle —se lamentó Ghika—, y yo vengo a pegarle un puntapié al único que no merece que lo azoten ni con el pétalo de una rosa. Es el músico Giuseppe Sarti, que viene de San Petersburgo.

Antonia se dio la vuelta para verlo mejor, y descubrió que en ese instante él también se volteaba para mirarlas.

—Tiene un ojo azul y otro gris —susurró Ghika entre dientes—. Hay quien piensa que el gris lo tiene hueco y que no ve por él. Pero yo sé que ve, lo del ojo no es más que una señal.

—¿Qué señal? —preguntó Antonia.

—Señales con las que venimos todos a este mundo. ¿Por qué crees que siempre llevo oculto el dedo?

—Porque se lo quemó en lo del abate Nollet.

—Habladurías —se exaltó Ghika—. Nací con un dedo de menos porque mi madre se expuso demasiado a las miradas de los peces, casi todos los días de su embarazo fue a nadar. Por eso llevo este dedil, que no oculta ningún dedo, sino el espacio que debió ocupar el anular ausente y que yo guardo por respeto.

Al llegar a la posada, ya de madrugada, Ígor se hizo cargo de la princesa, le sirvió un té y la ayudó a meterse en la cama.

—Desvaría —se disculpó con Antonia—. Es muy anciana y cuando ve a Potemkin se emociona mucho.

Durante varios días, la ciudad vivió una saturnal perpetua, animada de noche por los fuegos de artificio; de mañana y tarde por las comilonas públicas que financiaban los aristócratas polacos, y de madrugada por las mascaradas y los bailes que se celebraban en las plazas. Sólo los siervos de los monasterios, encerrados en sus pabellones, parecían conservar la cordura que poco a poco se iba perdiendo afuera. Una noche, mientras todos se hallaban sentados a la mesa, la posadera anunció que procuraban a la señora de Salis. Ghika la conminó con un gesto para que atendiera al recién llegado, un joven pelirrojo, de labio leporino y crenchas pegajosas, que le entregó dos huevos de Pascua y un pequeño billete.

—Aquí le manda mi señor.

Antonia leyó en primer lugar las inscripciones que aparecían sobre los cascarones bordados: «Shristos Voscressé. Voistinnci Voscressé». Luego desdobló el papelito, escrito con una letra cortesana y rígida que no se correspondía con la calidez y el ingenio del mensaje:

«El músico Sarti me ha comentado que tropezó en la calle con la anciana viuda de un príncipe de Valaquia y Moldavia, que por razón de haber perdido un dedo en un terrible accidente de licantropía lleva un dedil de seda en el anular de su mano derecha. Consideré prudente averiguar si la princesa Ghika había venido sola. Entonces me enteré de que usted la acompañaba. Estaré mañana, a las tres de la tarde, en la puerta Zaborovski del recinto de Santa Sofía. Allí la espero. Su seguro servidor que besa su mano, José Amindra».

Antonia corrió a la mesa y Ghika la miró con suspicacia.

—Alguien que quiere verte, ¿no es así?

—Está aquí —musitó jubilosa—, ha venido con Potemkin.

La anciana bajó la cabeza desalentada, apuró un vaso de vino y de repente le tomó una mano.

—Me da pena por ti. Pensé que esa nota podría ser de otra persona.

—¿Otra persona? ¿Quién más puede saber que estoy en la ciudad?

Ghika sonrió y le espejearon los ojos.

—Potemkin, Antonia. Él lo sabe. Durante tu enfermedad mandó a preguntar varias veces por ti. Luego le informé que iríamos a San Petersburgo, y él aseguró que nos alcanzaría en Kremenchug o en Kiev.

Antonia se mordió los labios.

—No quiero saber nada de Potemkin. Es un oso feo y grosero. Y no sé por qué razón le da tanta importancia.

—El que no tiene ninguna importancia —se desahogó la anciana princesa— es ese soldadito que no hace más que correr cortes y quererse con todas las mujeres que se le ponen a tiro.

—¿Quién le ha dicho esa barbaridad?

La princesa, por toda respuesta, lanzó un sonoro hipido y Antonia comprendió que estaba al borde de la borrachera. Le hizo una seña a Ígor para que la ayudara a llevarla a su pieza. Entre los dos la depositaron en la cama y la arroparon con frazadas calientes que les proporcionó la mujer del posadero. Al día siguiente, después de la comida, Antonia pagó a un cochero para que la llevara a la puerta Zaborovski.

—Esa puerta está cerrada —le advirtió el hombre—. Para entrar en Santa Sofía hay otras dos.

Antonia irguió la cabeza.

—Usted me lleva a la puerta Zaborovski. No se hable más.

El cochero se encogió de hombros y azotó irritado a las caballerías. No volvió a decir palabra hasta que enfilaron por un camino solitario, pegado a la muralla que circundaba el recinto.

—Este es el Bramá de Zaborovski —dijo con sorna, señalando un corte abrupto en la muralla donde se alzaba la enorme puerta clavadiza de madera roja.

Antonia miró a su alrededor e intentó disimular la aprensión que le causaba esa explanada desierta, los esqueletos ateridos de los tilos y el silencio de los pájaros. Por encima del muro sobresalían los techos del refectorio y las cúpulas adormecidas de la catedral. Más allá, la torre del campanario se desdibujaba a medias contra un cielo cerrado y sin mejor augurio. Cuando Antonia le entregó al cochero los veinte kopeks que le había pedido, el hombre señaló hacia la puerta y le dijo en tono agrio:

—¿No le dije que estaba cerrada?

Soltó la frase como un desquite y se alejó sin esperar respuesta. Ella se quedó inmóvil, mirando largo rato hacia el lugar por donde había desaparecido el carruaje. Luego se recostó contra la muralla y hasta allí le llegó el aroma inconfundible de las espigas de los álamos. Las buscó en vano con la vista, seguramente estaban del otro lado de la tapia, donde su mirada no podía alcanzarlas. Pero el olor estaba allí, punzante y alardoso, a pesar del frío y de la nieve, anticipándose por mucho a la reventazón dorada de la fronda, que aún demoraba. Más tarde, cuando vio venir el percherón gateado que cabalgaba un hombre de uniforme, le volvió a dar el olor de las espigas, pero mezclado ya con la brutal fragancia a chamusquina que conocía desde sus días de Cherson.

—Antonia de Salis —oyó decir—, ¿quiere montar?

El aire se llenó de aquel incienso, Francisco le extendió los brazos.

—Soy José Amindra... ¡suba!

J'aime à observer l'homme, lorsque je suis sûr qu'il ne se croit observé.

(Adoro observar al hombre, cuando estoy seguro que no se cree observado.)

Johann Kaspar Lavater

Miró el trozo de carne antes de llevárselo a la boca y volvió a depositarlo intacto sobre el plato. Tenía frío y tenía prisa por concluir aquella cena. Desde su última visita al palacio del conde Valentini, no había pasado mucho tiempo, pero a Pedro de Macanaz le parecía como si hubiesen transcurrido años. Se había llevado consigo, acaso para siempre, a la bailarina predilecta del último *kam,* y la había instalado en una vieja casona que se alzaba muy cerca de la suya y que mandó decorar de acuerdo con el gusto tártaro de su moradora.

Cada noche, después de cenar con su mujer, corría a su habitación y esperaba sentado en la orilla de la cama por el portazo de despecho que le indicaba que Rosa de Macanaz se había encerrado ya en su alcoba. A continuación salía al pasillo y caminaba en puntillas rumbo a las escaleras. Abajo lo esperaba su criado: lo ayudaba a ponerse la pelliza y a calarse el gorro ruso de visón. Macanaz tomaba el coche para recorrer la media versta o poco menos que lo separaba de la casa de su amante, y cuando llegaba donde Gulchah, ella ya le había servido una taza

163

de café al que solía añadir semillas de cardamomo y unas cuantas gotas de elixir italiano.

No todo era pasión. Muy a menudo, a Macanaz le bastaba con que la bailarina se despojara de sus vestidos y de sus gruesos brazaletes de plata, y se enfundara en la camisa larga con la que acostumbraba pasar la noche. Se acurrucaban juntos bajo las mantas y dormían de un tirón hasta la mañana siguiente, en que se consumaba el mismo ritual, pero a la inversa: de nuevo Macanaz subía a su coche y regresaba a tiempo para desayunar con su mujer. Poco a poco, había perdido la aprensión que le causaban las carroñas vivas de su cuerpo, y hasta los sabañones que tanto lo atormentaron a principios del invierno habían comenzado a ceder, dejándole apenas unas pocas huellas como de moneda fundida.

Sólo un pensamiento, el que le dedicaba diariamente a Francisco de Miranda, era capaz de enturbiarle un rato el día. Pablo Grigulévich no había tenido noticias de Antonia de Salis. Acaso se hubiera arrepentido de venir a San Petersburgo, o quizá se hallara puteando muy a gusto para los clientes de aquella bruja griega con la que viajaba. Ni Miranda ni ella habían asomado las narices por la ciudad y pasaban los días, pasaban los meses, pasaba el invierno en suma, sin que se le pudiera echar el guante a aquel traidor. Una breve satisfacción, sin embargo, le proporcionó por esos días la confusa situación en torno al venezolano. Porque si despistado andaba él, más lo estaba aquel oscuro asistente del ministro español en Estocolmo. Se había marchado de San Petersburgo convencido de que no necesitaba del ginebrino Fabré ni mucho menos de Macanaz para atrapar a Miranda. Claro que no contaba con el alma de veleta que tenía aquel pájaro. Y cuando regre-

164

só dispuesto a recoger los frutos de la cacería, se encontró con la amarguísima nueva de que todo estaba como al principio, peor que al principio, pues tanto Miranda como Antonia de Salis habían desaparecido.

Macanaz lo recibió en su gabinete, adoptando una falsa expresión de pesadumbre, descorchó una botella de vino y sirvió sendos vasos. Poco después escuchó de labios de aquel hombre la más franca admisión de su derrota: el plan de Cherson, para el cual habían movilizado a dos agentes especiales, se había desmoronado.

—Conque había un plan —el tono de Macanaz era taimado, fino como el de los ángeles—. Pensé que usted iba a prevenirme antes de tomar alguna acción concreta.

El hombre se revolvió incómodo, le faltaron de momento las palabras y, para ganar tiempo, se echó un trallazo a la garganta. No lo previno porque se trataba de una misión confidencial que sólo estaba autorizado a manejar él mismo, con la anuencia del ministro en Estocolmo. Si fracasó en el último minuto había sido porque Miranda era más astuto de lo que pensaban. Justo cuando estaban a punto de atraparlo, en vísperas del viaje a Crimea, el venezolano tuvo un presentimiento. No había otra forma de explicar el hecho de que abandonara la casa donde pensaban detenerlo, en medio de una cena que hasta ese instante transcurría con normalidad, lanzándose a la calle por una ventana.

Macanaz sonrió para sus adentros. El mequetrefe que tenía delante había cocinado a solas aquel potaje que a la larga se le achicharró en la olla. Pues se alegraba de eso. Que regresara a Estocolmo y le contara a su ministro que, sin el apoyo de los que conocían palmo a palmo la situación de Rusia, sin el apoyo del encargado de negocios en San Petersburgo, no se podía hacer nada.

—Lo lamento —le dijo al hombre—. Ignoraba que habían tratado de atraparlo en Cherson. Ahora sólo nos queda esperar que venga a San Petersburgo, si es que viene.

El otro permaneció callado, encogido en su butaca, observando fascinado el tono granate de aquel vino con el que Macanaz le volvía a llenar el vaso no bien él lo vaciaba.

—Le hemos perdido la pista —se afligió al cabo de un rato.

Macanaz lo miró con el rabillo del ojo: más que desesperado, parecía ya dispuesto a resignarse. Qué distinto de aquel que había venido tiempo atrás prohibiéndole que le escribiera a Miranda. Con que había querido madrugarlo a él..., a él, que tanto dinero había invertido ya en lo de Miranda. No era por amor a España por lo que Pablo Grigulévich recorría el país tras las huellas del venezolano y de la tal Antonia. Sus buenos ducados de Holanda le había costado aquella persecución. Y este advenedizo, este gazmoño con pinta de escribano de tercera categoría, este imbécil con los sesos congelados por el frío de Suecia, pretendía llevarse la presa sin la ayuda de nadie.

—¿No le queda del licor de la otra vez?

Macanaz afirmó con la cabeza. Cómo no, lo que se le antojara. Que reventara con la mezcla: primero el vino de Rota, y ahora un vaso de aguardiente puro. Que se acabara de derrumbar sobre su propia ineptitud, que se revolcara en ella como se revuelcan los borrachos en sus propios vómitos.

—Tiene un regusto a anís —susurró el hombre, mientras evocaba imágenes, una historia inconexa en la que entremezclaba el nombre de Miranda con lo que parecían ser las señas de un barco atracado en Kronstadt.

Macanaz lo despidió en su gabinete y ni siquiera lo acompañó a la puerta: ya no le daba el alma para más hipocresías. Esperaba que, con esa lección, la corte madrileña comprendiera que había sido un error imponerle un colaborador que ni siquiera vivía en Rusia. Era descabellado; era humillante, y allí estaban los resultados: Miranda se paseaba libremente por el país, lamiendo el barro que pisaba el tuerto ponzoñoso de Potemkin, quien acaso lo hubiera convencido para que trabajara al servicio de Rusia.

—¡Qué pensativo estás hoy!

Rosa de Macanaz escrutó el rostro ausente de su marido.

—La carne está cruda —murmuró él.

Lo del asistente del ministro en Estocolmo había sido una pequeña satisfacción, una miserable alegría comparada con la dicha que le proporcionaba su bailarina tártara, o con el ataque de felicidad que finalmente le iba a procurar la captura de Miranda.

—¿La carne está cruda, o tienes demasiada prisa por levantarte de la mesa?

Pedro de Macanaz miró a su mujer. Tenía la misma expresión mordaz, los mismos ojos de serpiente acechante que le había visto aquella tarde, cuando lo sorprendió con la muchacha rusa en la cama de su criado.

—No tienes que esperar a que yo me vaya a dormir para correr donde esa tártara asquerosa.

Él sintió un vuelco en el estómago, pero no se dio por aludido. Tomó un trozo de carne un poco más pequeño, y esta vez se lo llevó a la boca y lo mantuvo allí, masticándolo sin ganas.

—Además del gálico —prosiguió ella—, esas mujeres suelen tener lepra. Ya verás cuando se te empiece a pudrir la nariz.

Macanaz hizo un esfuerzo por tragar aquel amasijo insípido que le estaba provocando arcadas. Su mujer se sirvió un trozo, lo miró de cerca y pronunció su veredicto.

—Vas a tener que elegir: o te vas de una vez para aquella casa, o te pones a vivir decentemente en esta.

Cortó un trocito del lomillo y se lo llevó a la boca mientras trataba de añadir alguna frase que Macanaz ya no llegó a entender. Él había bajado la vista y, cuando la volvió a mirar, alertado por el ruido de unos cubiertos que caían al suelo, se la encontró con la boca muy abierta y la mirada de vidrio, haciendo señas con las manos en dirección a su garganta. Rosa de Macanaz no podía hablar ni toser. Manoteaba en el aire y por fin se levantó, emprendió una carrerita hacia la puerta y cayó de rodillas, con las manos en el pecho y un estertor de bestia derribada. Macanaz se puso de pie y contempló un instante el reguero de copas que se habían volcado con la sacudida, y los riachuelos de vino que comenzaron a correr mantel abajo. Cuando miró de nuevo a su mujer, se percató de que ya no se movía, no producía sonido alguno y sus brazos habían quedado inertes a ambos lados del cuerpo.

—¡Rosa!

Tampoco respiraba ni gemía. Macanaz se agachó y le tomó una mano. Tenía un aspecto extraño y el contacto con su piel le provocaba escalofríos. Entonces llamó a los criados y pidió que lo ayudaran a levantarla: la golpeó en la espalda, la sacudió por los hombros, le metió a la fuerza los dedos en la boca.

—¿Está muerta? —preguntó el cocinero, que había venido a la carrera con las manos llenas de plumas.

—Se atragantó —sollozó Macanaz—. Ha sido el lomillo.

Esa noche no pudo acudir a su cita de amor con Gulchah. Le mandó recado para que no le preparara café, pues él estaría velando el cadáver de su esposa. Temprano en la mañana, el cuerpo de Rosa de Macanaz fue cuidadosamente amortajado y se les permitió a los amigos de la familia que pasaran junto al féretro para rezarle una última oración. Poco antes de que la llevaran a enterrar, Macanaz buscó entre las alhajas de la difunta aquel broche guarnecido de esmeraldas, en el que destacaba el retrato de un joven moreno. Ya que le gustaba tanto, se dijo bajito, que se lo llevara puesto. Bajó al salón donde descansaban los restos de su esposa y colocó la joya en su regazo. Luego se vistió de negro y encabezó la comitiva fúnebre que llegó tiritando al cementerio viejo de San Petersburgo. A las seis de la tarde de ese mismo día ya estaba cenando, y a las siete en punto, sin tener que esperar por el portazo liberador de Rosa de Macanaz, salió de su alcoba y caminó a paso firme por los pasillos, haciendo más ruido del que podían meter sus botines de cuero. Cuando a la mañana siguiente recorrió la media versta de regreso a su casa, traía consigo a la bailarina tártara, que se instaló tranquilamente en las habitaciones de la difunta, en calidad de camarera personal del nuevo viudo.

Varias semanas después, Pablo Grigulévich se presentó por sorpresa. Acababa de llegar de viaje y pedía entrevistarse urgentemente con Macanaz. Ignoraba que la señora de la casa había muerto, pero se figuró que algo extraño había ocurrido cuando, al pasar deprisa rumbo al gabinete, tuvo la fugaz visión de una mujer de arena, un espléndido fantasma envuelto en velos, canturreando extrañas melodías que, de momento, le parecieron tártaras.

—Y ahora —rugió Macanaz, por todo saludo—, ¿dónde se ha metido ese maulero?

Estaba de pie, esperándolo junto a la puerta, y Pablo Grigulévich lo observó con asombro. Vestía *négligeé* de seda estampada, calzaba pantuflas chinas y tenía el cabello embadurnado de una extraña pomada amarilla.

—No vengo a hablarle de Miranda. Pero he dejado a un hombre que lo vigila día y noche en Moscú.

—¿En Moscú? ¿Quiere decir que está en Moscú?

—Es huésped del príncipe Rumiántsev. Vive frente al Kremlin y tiene a su disposición todo el palacio.

Macanaz se mesó los cabellos sin querer, y luego se miró las manos pringosas de pomada.

—¿Cómo llegó hasta allí?

—Trabó amistad con el mariscal en Kiev, quien me imagino que le entregó una carta de recomendación para que su padre lo alojara en el palacio de la familia.

—Inaudito —tronó Macanaz.

—De eso hablaremos luego. Lo que me trae aquí es mucho más urgente. Se trata de Antonia de Salis.

—¿También está en Moscú?

Pablo Grigulévich hizo una de esas pausas que tanto lo impacientaban.

—Acaba de llegar a San Petersburgo.

Así que estaba en la ciudad, se dijo. Al fin y al cabo,

la bruja griega la había arrastrado hasta parajes más propicios, en los que abundaban los caballeros ávidos de carne fresca.

—Sigue con la princesa Ghika, me imagino.

El otro hizo una mueca con los labios.

—La princesa Ghika ha muerto en Kiev.

Macanaz se encogió de hombros. A decir verdad, la griega era viejísima. ¿Qué edad podía tener? ¿Ochenta, noventa y tantos años?

—No lo sé. Después de enterrarla, Antonia de Salis partió con su criada. Creo que también pasó por Moscú. Llegó aquí anoche.

—¿Y ya sabe dónde se hospeda?

Pablo Grigulévich tamborileó con los dedos en el escritorio antes de contestar.

—Está en la casa del chambelán Naritchkin.

—¡Qué casualidad! —exclamó Macanaz—. Frente por frente a la casa de Potemkin.

—Pero Potemkin anda lejos, por Kremenchug, según dicen. Y no creo que vuelva en mucho tiempo.

La bailarina tártara entró en ese momento para servirles café. Pedro de Macanaz la miró enternecido y, al inclinarse ella sobre la mesa para colocar las tazas, la pellizcó disimuladamente en una nalga. Pablo Grigulévich los contempló en silencio. Cuando la mujer se marchó, Macanaz se frotó las manos.

—¿Se había enterado usted de que enviudé?

El otro negó con la cabeza.

—Acuérdese de que llevo más de un mes afuera. Pero lo lamento mucho.

Macanaz quedó un momento ensimismado.

—No veo la hora de salir de San Petersburgo. Malos

recuerdos y demasiado frío. No quisiera pasar aquí otro invierno.

Tomaron el café en silencio y la mujer volvió para retirar el servicio.

—¿Se acuerda de aquella vez que lo invité a lo del conde Valentini?

—Perfectamente. ¿Qué tal le fue?

—Allí conocí a Gulchah. La saqué de aquella casa. Claro que Valentini no tenía ningún interés en la muchacha. Ya sabe de la pata que cojea ese napolitano.

Grigulévich sonrió.

—¿Y qué piensa hacer con ella?

—Por lo pronto, es mi camarera personal. Al menos hasta que salgamos de Rusia. Si alguna vez me envían a Grecia, que es lo que yo quisiera, me la llevaré conmigo. ¿No les ha dado a los aristócratas de Francia por desposar gitanas? Pues yo me casaré con Gulchah.

Pablo Grigulévich se levantó para marcharse: como siempre, se sentía agotado después del largo viaje. Y, de ahora en adelante, necesitaba más que nunca estar alerta para el trabajo que se avecinaba. Antonia de Salis podía aparecer en cualquier momento. O, en caso contrario, le correspondería a él ir a buscarla y convencerla.

—Complázcala en lo que le pida —ordenó Macanaz—. Si logro atrapar a Miranda, entonces sí que podré recompensarlo como usted se merece.

Grigulévich sacó un papel del bolsillo y lo colocó sobre el escritorio, pisándolo con un cortaplumas.

—Ahí tiene la relación de mis gastos en Moscú.

Macanaz se rascó la cabeza y otra vez la mano se le llenó de pomada.

—Esta misma tarde le enviaré el dinero.

Apenas salió el visitante, la puerta volvió a abrirse y reapareció Gulchah, llevando entre las manos una palangana humeante. Macanaz la miró extasiado y ella se acercó para besarlo, inclinando la cabeza hacia delante, de modo que aquella mata de pelo negro que olía a vainilla lo encegueció de amor. Ella se incorporó y salió del gabinete. Macanaz se acercó a la palangana y olfateó los vapores: era agua de perifollo.

Gulchah regresó cargando con media docena de toallas que colocó sobre las rodillas de su amante.

—A ver si me quitas la pomada —se quejó—. No la soporto ya.

Ella se limitó a desdoblar una de las toallas y se la pasó suavemente por el cabello. La tiró sucia y desdobló otra limpia, que humedeció en el agua. Macanaz sintió una debilísima punzada y se percató de que la pequeña erección con la que había amanecido continuaba intacta, sin dispararse del todo, pero sin aliviarse tampoco. Y lo más curioso era que, aun así, no le apetecía gran cosa desfogarse con aquella mujer ni con ninguna otra. Cuando finalmente Gulchah le hubo limpiado los cabellos, a él se le ocurrió que tal vez la solución estaba en volver un rato a la cama. Miró las manos de su camarera, manchadas de amarillo, y recordó la historia de su segundo encuentro con ella, cuando esas mismas manos se tornasolaron por el efecto de los polvos que él llevaba en la peluca. Lleno de amor, la tomó por las muñecas y lamió aquellos dedos que, por primera vez, le supieron amargos.

—Esta pomada no es para comer —oyó la voz profunda y cantora de la mujer—. Se usa para que brote el pelo.

Pero él no le hizo caso y le llegó a chupar las uñas y a morder ligeramente los nudillos. Subieron a la alcoba y se lanzaron al colchón, y no había pasado mucho tiempo cuando Macanaz sintió bajar por su garganta aquel acíbar de azafrán mezclado ya con los fluidos agónicos del vértigo. Al poco rato, Gulchah se quedó dormida y él volvió a mirarse con asombro: le parecía imposible que después de aquella lucha persistiese ese pequeño rescoldo de pasión. Se incorporó en la cama para verse mejor: la erección se mantenía incólume, pero, curiosamente, a él no le quedaban fuerzas ni para acariciar a un gato. Trató de dormir, pensando que a la larga tanto amor acabaría por matarlo. Seguramente cuando despertara, se encontraría de nuevo relajado. Pero lo suyo, a esas horas, fue un sueño muy ligero y triste. Casi nunca podía dormir de día, y, cuando lo hacía, a menos que estuviera muy cansado, soñaba por lo general cosas macabras. Se despertó poco después del mediodía. Gulchah ya no estaba a su lado y a él lo inquietó enseguida esa punzada atroz que le horadaba la entrepierna. Se sentó en la cama y se miró aturdido: era algo loco, algo absurdo. Ordenaría que le prepararan unos baños de asiento.

No fue hasta la mañana siguiente, después de pasarse la noche intentando sus remedios solitarios, que Macanaz se atrevió a contarle sus achaques a la bailarina tártara. Ella no logró disimular su espanto.

—¿Es que habías visto algo así?

Gulchah bajó la vista.

—Conocí a un hombre, en la Tartaria...

—Y bien, ¿qué hicieron allá para curarlo?

Ella apretó en los puños la muselina gris de sus bombachos.

—Primero lo trataron con fomentos. Luego mandaron a sangrarlo.

—¿Lo sangraron?

Gulchah se tapó la cara. Sus manos limpias eran menos manos que cuando estaban manchadas.

—¿Lo sangraron? —repitió Macanaz al borde del derrumbe.

—Cortaron desde arriba —sollozó—. Por allí mismo se fue en sangre.

—¡Pronto, haz que me traigan un caradrio!

Antonia buscó con la mirada los ojos de Ígor y sólo halló dos agujeros mustios e inservibles.

—Un caradrio, Antonia, haz que lo traigan rápido.

Ella volvió a mirar a Ígor, que continuaba rígido en una esquina de la alcoba. Se le acercó y le habló al oído:

—¿Qué cosa es un caradrio?

—No tengo la menor idea —respondió el anciano—. Pero cualquier cosa que sea, le aseguro que no es nada de este mundo.

Antonia volvió junto a la princesa y reparó en sus ojos moribundos, en la lejanía de su boca, en el color ceniciento de sus pequeñas orejas.

—Se lo traeré. Quédese en paz.

Después de haber pasado dos días junto a Francisco, regresó a la posada decidida a abandonar a la princesa Ghika y continuar por sí sola el viaje a San Petersburgo. Llegó al amanecer, vistiendo las mismas ropas con que se había marchado aquella tarde hacia el Bramá de Zaborovski, y al primero que encontró fue al viejo Ígor, alicaído y mal abrigado; expuesto a la brisa traicionera que recorría a aquellas horas la ciudad.

—¿Pasa algo, Ígor?

Él la miró como si no la reconociera. No le preguntó dónde había estado y ni siquiera le reprochó que hubiese desaparecido sin avisar. Se le anegaron los ojos y Antonia oyó una voz terrible y lúcida.

—Su Alteza va a morirse. Desde ayer está completamente loca.

Antonia trató de sonreír.

—¿Cómo que se ha vuelto loca?

—Hace muchos años, ella me advirtió que cuando fuera a morir todos podrían saberlo porque antes de eso iba a perder el juicio. Pues bien, ha llegado la hora.

—Quiero verla —repuso Antonia.

—Está acostada. Ya no puede tenerse en pie.

Corrió al interior de la posada y, una vez frente a la habitación que compartía con Ghika, empujó suavemente la puerta. Adentro había un olor indefinible y grato, y supuso que habían tirado algunas ramas de tilo sobre las brasas de la estufa. La princesa descansaba reclinada sobre unos almohadones y volteó la cabeza cuando sintió llegar a Antonia.

—¡Por fin regresas! Haz el favor de traer papel y tinta. Deberás seguir tú sola a San Petersburgo. Pero ya no podrás ir a mi casa, vete derecha al palacio de Naritchkin.

Ella creyó que deliraba y se acercó con sigilo para ponerle una mano en la frente.

—No estoy tan alunada como cree Ígor. Pero es cierto que voy a morir y no quiero dejarte desamparada. Todavía te faltan más de mil verstas para llegar a San Petersburgo.

Antonia intuyó que en verdad la anciana no estaba lo bastante loca como para dejar de complacerla en un pedido tan sencillo.

—Papel y tinta, niña. La familia del *Grand Écuyer* es muy hospitalaria.

Era tan temprano, que solamente los criados trajinaban a esas horas en el interior de la posada. Antonia bajó a buscar una hoja de papel y volvió a encontrarse con Ígor, que entraba tiritando.

—Usted también se va a enfermar.

Él siguió de largo, apenas sin mirarla.

—¡Ígor! —le gritó Antonia—. Ghika quiere escribir y me ha pedido que le consiga papel y tinta. De inmediato.

—Se ha vuelto loca —repitió él.

—No lo creo. Sólo quiere hacerle una carta a la familia Naritchkin.

—Lo dicho —insistió el otro—: loca de remate.

Antonia no pudo reprimir su irritación.

—El que se está volviendo loco es usted. Vaya a buscar papel y tinta para que Su Alteza escriba.

Ígor sacó fuerzas de su abatimiento y miró a Antonia con un dejo de arrogancia.

—Con que Naritchkin, ¿no? Buen alcahuete ese también.

Poco después, con mano temblorosa, Ghika redactó una carta donde solicitaba que se le diera albergue a «esta excelente amiga, que ha sido para mí como una hija». Indicó que se encontraba en su lecho de muerte y pidió a la destinataria de la misiva —que era en realidad la suegra del *Grand Écuyer*—, que la despidiera de sus amistades. Acto seguido le extendió el papel a Antonia y la animó para que continuara el viaje aquella misma noche.

—¿Cómo cree que me voy a marchar dejándola aquí enferma? Cuando usted se alivie, partiremos juntas.

Ghika abrió mucho los ojos y entonces suplicó, por primera vez, que le trajeran un caradrio. De momento, Antonia ignoró aquella súplica, pero ante la insistencia de la enferma y el estupor de Ígor, al final se decidió a preguntar:

—Ya le he prometido que se lo traeré. Pero antes debe decirme qué cosa es un caradrio.

—Es un pájaro blanco —susurró Ghika—, todo blanco hasta el pico, hasta las patas blancas. Es la única criatura que sabe revelar si alguien va a morirse o no.

Antonia comenzó a peinarla con los dedos.

—Debes traerlo —insistió la princesa.

Una semana duraría la agonía de Ghika de Moldavia, y cada mañana, al despertar, preguntaba si ya le habían traído el caradrio. Finalmente, Antonia decidió consultarlo con Ígor. El viejo se mostró pesimista: acaso aquello fuese un animal inexistente, un ave fabulosa que no podrían hallar ni en Kiev ni en toda Rusia. Antonia, sin darse por vencida, preguntó al posadero dónde podía comprar una paloma blanca. El hombre reflexionó: cerca de allí vivía una viuda llamada Pouscha, que se dedicaba a la crianza de palomas. Posiblemente tuviese alguna como la que buscaba.

—Lléveme con ella.

No era una casa común, sino más bien una choza de barro cuyas paredes estaban recubiertas por hornillas y cruzadas de palos en los que zureaban cientos de palomas. Antonia percibió un hedor tan nauseabundo como el que la sofocó aquella mañana en la cabaña del maestro de postas. Se le ocurrió que en esa choza también comían las bostas de los caballos envueltas en hojas de col. Una mujer vestida con harapos emergió de las sombras, como si saliera de una hornilla mayor, y abanicó el aire con la mano para apartar las plumas que flotaban. Escuchó a Antonia en silencio y luego le mostró un pichón de nieve, por el que le pidió diez rublos.

—Es demasiado —protestó Antonia.

—No fui a venderle nada —farfulló la mujer.

Pagó los diez rublos y regresó a la habitación de Ghika. Ígor seguía en su puesto, sentado junto al lecho de la enferma y mirándola fijamente, como si estuviese esperando una señal.

—He traído el caradrio —anunció Antonia.

—Eres un ángel —musitó Ghika—. Acércame ese pájaro.

De repente, la anciana se mostraba tan lúcida, que Antonia sintió miedo de que descubriera el engaño: el posadero había pintado el pico y las patas de la paloma con tintura blanca, pero aun así no parecía un caradrio, no parecía nada que no fuera una paloma. Miró angustiada la mortecina luz de un candelabro que estaba colocado sobre la mesa, y Ghika pareció adivinarle el pensamiento.

—Está oscuro. Abre las ventanas.

—Ya es de noche —mintió Ígor.

Antonia apartó la tapa de la cesta en la que había traído la paloma. Metió la mano y notó que el animal estaba frío, pero aleteaba con energía y tuvo que hacer un gran esfuerzo para poder asirlo.

—Acércamelo —suplicó Ghika.

El pichón se revolvía tratando de escapar de aquellos dedos que se habían crispado sobre sus alas.

—Si en verdad voy a morir —retumbó la voz de la

princesa—, el caradrio se resistirá a mirarme. Si por el contrario voy a sanar, me enfrentará sin titubeos y se llevará con él la enfermedad.

Dentro de la alcoba, recalentada por la estufa, no corría la menor brisa, pero el pestañeo incesante de las llamas los sobrecogió a los tres, como si en verdad hubieran sentido el latigazo de una ráfaga. La paloma miró fijamente a la enferma.

—Acércame el caradrio —aulló fuera de sí—. Acércamelo un poco más.

Antonia extendió el brazo y colocó el ave cautiva frente al rostro de la anciana. Entonces ocurrió lo inesperado. El animal hizo ademán de zafarse y, ante la imposibilidad de hacerlo, dobló la cabeza con tal fuerza que se desnucó a sí mismo. Antonia soltó un grito y lo dejó caer sobre las sábanas. Ghika, petrificada, alcanzó a susurrar unas palabras:

—Soy un espíritu tan antiguo, y mi muerte es una muerte tan reiterada, que ni siquiera este pájaro ha podido soportarlo. Ahora sé que he venido por última vez.

Ígor se arrodilló y le tomó una mano.

—¿Por qué no probamos con la celidonia mayor?

Ghika lo miró entristecida.

—Porque no tengo ganas de cantar, mi fiel amigo. Sabes que cuando se pone celidonia en la cabeza de un enfermo, si ha de morirse, canta la música del miedo. Además, lo del caradrio es mucho más seguro; la celidonia hay que saber recogerla, ¿ya no te acuerdas?

Ígor recostó la cabeza sobre el regazo de Ghika y la vieja princesa le acarició los pajosos cabellos.

—Siempre oí decir que todo aquel que toma el agua de la vida acaba por ansiar la muerte. Pero conmigo es distinto: no ansío la muerte, Ígor, ¡no quiero morir!

181

El anciano levantó el rostro deshecho, que parecía como fraguado en barro sucio. Ghika le acarició una mejilla.

—¿Seguirás a San Petersburgo con Antonia?

El otro negó con la cabeza.

—Ya me lo imaginaba. ¿Regresarás entonces a Cherson?

Ígor volvió a negar.

—Entonces, ¿no querrás que te traigan un caradrio a ti también?

Antonia, más repuesta de la impresión de ver morir al animal y de sentir cómo se le quebraba el cuello entre sus manos, recogió a toda prisa la paloma rígida y la volvió a meter dentro de la cesta. Luego miró a los dos ancianos como si fueran dos criaturas.

—Basta de tonterías —gritó—. Nadie se va a morir aquí. Tú, Ígor, ordena que le cocinen un buen caldo a Su Alteza.

En el rostro de Ghika se dibujó una sonrisa.

—Bien se nota que pasaste la noche con el coronel Miranda. Mientras más goza una mujer en la cama, más intrépida se muestra ante la muerte.

Antonia irguió la cabeza y apretó los puños.

—La perdono —dijo bajito— porque no sabe lo que dice.

—Sigue a San Petersburgo —insistió Ghika, su voz de vidrio a punto de venirse abajo—. Pero no para quererte con ese aventurero que no piensa más que en sus batallas. Frente a la casa de Naritchkin, en la orilla opuesta del Nevá, está el palacio de Potemkin. Espéralo allá, corre a salvarlo, él también te necesita.

—No vuelva con lo de Potemkin —la cesta con la paloma muerta le pesaba más que cuando estaba viva—. No me lo vuelva a mencionar.

Ghika ignoró el comentario.

—Además, Miranda no está solo.

—Ya sé que no —respondió Antonia—. Ha estado conmigo y de ahora en adelante seguiremos juntos.

—Teresa Viazemski —prosiguió penosamente Ghika— está en Kiev. Se oculta en el monasterio de Vydubichi.

Antonia ya no pudo contenerse.

—Pienso que Ígor tiene razón. Su Alteza no puede estar en sus cabales.

Salió dando un portazo, pero regresó más calmada hacia la medianoche. El viejo criado se había sentado en el suelo, sosteniendo la mano de Ghika y mirándola a los ojos, como si, a diferencia de la paloma blanca, él se hubiera propuesto arrostrar los tormentos y conjurar la enfermedad.

—Ha estado hablando con su madre —suspiró vencido—. Ahora sí se nos va.

Poco antes del amanecer, Ghika sufrió unas feroces convulsiones y fue preciso que la sujetaran para que no se cayera de la cama. Cuando pasó la crisis, comenzó a mover los labios en seco, sin articular palabra, como si estuviera rezando.

—Sería bueno traer un pope —sugirió Antonia—, o acercarle un icono para que lo bese.

En ese instante, Ghika lanzó un débil quejido de cachorro y dejó de respirar. Ígor apoyó la cabeza contra el pecho de la anciana.

—Su Alteza ha muerto.

Antonia se inclinó y besó la frente del cadáver. Ígor, en cambio, quedó paralizado por el dolor.

—También debo morir.

Se había esfumado de golpe aquel perfume a ramas

183

de tilo que durante tantos días había flotado en la habitación, y Antonia contempló las manos un poco crispadas del cadáver.

—Quisiera quedarme con el dedil de seda —dijo buscando la aquiescencia del anciano—. Lo llevaré siempre conmigo.

Ígor no respondió, como si no escuchara ni sintiera, paralizado y remoto, medrado en otra muerte. Ella tomó la mano de Ghika y con mucho cuidado tiró de la punta de aquella prenda diminuta con la que la princesa se cubría rigurosamente el anular de la mano derecha. Abajo tenía un dedo como los demás, acaso un poco más pálido y ligeramente más delgado. Un dedo perfectamente sano, que nunca fue mordido por un tigre y que ni siquiera se le había chamuscado en París.

El cadáver de Ghika de Moldavia fue sepultado en la catedral de la Ascensión, justamente en la Laura en la que pocos días atrás le habían negado alojamiento. Enterado el Metropolitano del abolengo de la difunta, fue dispuesto un nicho que recibió los restos de la anciana al atardecer del día siguiente, ante la presencia fantasmal de Antonia, su criada Domitila, el viejo Ígor y cinco monjes que avanzaron por la solitaria nave arrastrando los pies y cantando un salmo enrarecido por el eco. Mientras dos de ellos cargaban con el féretro, los otros tres, ya muy ancianos, caminaban delante del cortejo fúnebre portando el incienso y los iconos dorados. Cuando terminó la ceremonia, Ígor sufrió un desmayo. Los mismos monjes que habían llevado el ataúd se encargaron de levantar el cuerpo del anciano, que emitió un breve quejido. En el coche que los llevaba de vuelta a la posada, Ígor recobró el conocimiento y miró a las dos mujeres como si las viera por primera vez. De repente, se le nublaron los ojos y pareció recordarlo todo.

—Sabía que este viaje me iba a costar la vida. Pero lo que no me imaginaba era que también a ella le iba a costar la suya.

Una vez en la posada, Antonia fue derecha a la habitación que compartiera con la princesa. Sin la ayuda de su criada —que permanecía junto al lecho del anciano—, guardó las alhajas y los vestidos de la difunta en un baúl. Luego se detuvo frente a un pequeño espejo que había en la habitación y se quedó mirando su rostro fatigado. Cayó en la cuenta de que estaban a primeros de abril y de que aquel mismo mes cumpliría dieciocho. Se acordó entonces de unos antiguos versos que solía recitar Ghika en su casa de Cherson. Eran los versos que había escrito para ella un poeta egipcio, al que conoció y amó en sus años juveniles de París:

> El tiempo, Ghika,
> no es como los perros del trineo,
> que a la voz del amo se detienen...
> El tiempo no es como la osa blanca,
> que vuelve la cabeza para ver
> si la siguen los oseznos.

Lo recordaba a retazos, fragmentos que había memorizado mientras surgían de los labios temblorosos de Ghika.

> Yo era viejo cuando tus padres
> no habían nacido;
> habré muerto cuando aún
> se mantengan firmes tus pechos.

Rompió a llorar, y en medio de aquel llanto trató de establecer la causa de esa desolación que se le antojaba infinita. Lloraba por Ghika, cierto, por los versos de aquel poeta cuyo nombre intransmisible no le quiso revelar jamás. Pero lloraba, sobre todo, porque el tiempo no se detenía, no miraba atrás, no regresaba. Sollozó todavía con más fuerza, menos dueña de sus nervios, sintiendo que una angustia brutal se apoderaba de su pecho, de sus manos, de su boca. El tiempo, al fin y al cabo, era como el hielo flotante de los océanos, que se derretía sin rastro en los mares más cálidos.

> Amo en ti al que yo era,
> amo en ti a todas las muchachas
> que quemaron sus alas allá lejos,
> en el fuego de mi juventud,
> y que no pudieron sobrevivirme.

Tal vez aquel anciano poeta no lo había dicho de esa forma, pero ella acababa de comprender que el tiempo era una prolongación de la muerte; un pájaro que se tuerce a sí mismo el pescuezo; una extensión de la nada, más insondable y sórdida que la estepa que conduce a Kremenchug.

Volvió a mirarse en el espejo y se encontró envejecida, tan cambiada que por primera vez en mucho tiempo se acordó de su madre. Enseguida repasó las imágenes de aquel naufragio donde la había perdido, los gritos del maestre canario y el desperdicio de gallinas que se fueron al fondo. Pero ahora ya no le temía a los temporales, ni a las crecidas, ni a las olas del susto... El día que llegó de vuelta a La Habana, muda por el dolor, con la piel aún áspera por el salitre y vestida con la burda camisa de marinero que le cedieron en el velero que la rescató, su padre la recibió con un abrazo y una pregunta abominable: «¿Dónde dejaste a tu madre?». Antonia no le pudo contestar, y él entonces se dirigió a su amigo canario, que inclinó la cabeza por toda respuesta. Varias semanas más tarde, su padre aún la miraba con aquellos ojos de alma en pena y Antonia creía escuchar en su interior la misma pregunta: «¿Dónde dejaste a tu madre..., dónde dejaste a tu madre?».

Los golpes en la puerta la sobresaltaron. Era su criada, que la llamaba a gritos. Ella se echó el cabello hacia atrás, se secó las lágrimas y se asomó a la puerta. Domitila estaba lívida y se retorcía las manos contra el pecho. Junto a ella, el posadero y su mujer miraban a Antonia con una expresión entre confusa y atemorizada.

—Ha sucedido una desgracia.

Antonia tragó en seco:

—¿Se ha muerto Ígor?

—No se ha muerto —respondió el posadero—. Se ha quitado la vida.

Ella se recostó contra la pared y miró al suelo mientras pensaba en el extraño sino de aquella pareja. Tuvo la revelación de que tal vez aquel viejo arrogante, que se desvivía por complacer a Su Alteza, era el mismo que había escrito aquellos versos temporales para Ghika. Ígor, en ese caso, era ya un hombre sin edad, o de una edad tan avanzada que la posibilidad de su existencia era en sí misma un desatino.

—El tiempo —repitió bajito— no es como los perros del trineo.

—¿Un trineo? —preguntó la mujer del posadero—. ¿Y para qué quiere un trineo?

Antonia sacudió la cabeza.

—¿Dónde está el cadáver?

—Colgado todavía —le advirtió el posadero—. Queríamos que usted nos diera la orden de bajarlo.

—Bájenlo y averigüen dónde podemos enterrarlo. Les pagaré por ese servicio.

El posadero y su mujer desaparecieron y Antonia pidió a la criada que le buscase su manteleta y su sombrero.

—No sé de dónde el viejo sacó fuerzas para levantarse —se disculpó la criada—. Esta mañana estaba tan débil...

Antonia no le contestó. Ya sólo ansiaba salir lo antes posible de Kiev. Si Francisco lo consideraba oportuno, harían el viaje juntos. De lo contrario, partiría ella delante y lo esperaría en la casa de Naritchkin.

—Que me alisten un carruaje —le ordenó a la criada—. Estaré de regreso por la tarde. Esta noche velaremos al pobre Ígor y mañana, después que lo enterremos, nos vamos a San Petersburgo.

Francisco había abandonado la hospedería de Kievo-Pechérskaia, donde se alojara los primeros días, junto a la comitiva de Potemkin, y se había mudado a una posada del lado de Podolski, que colindaba con la tienda de sombreros más prestigiosa de toda la ciudad. En el transcurso de aquellos dos días que estuvieron juntos, Antonia solía asomarse a la ventana que daba al patio interior del edificio para escuchar las carcajadas, las canciones, las disputas febriles de una veintena de mujeres que se pasaban la vida hundidas en un mar ajeno de muselina y encajes, escarapelas de seda y garzotas orientales. Allá abajo, le había dicho Francisco, se cosían las mejores cofias de Kiev.

—¿Como las que vendía *monsieur* Raffi? —quiso saber Antonia.

—Mejores que esas.

A veces, en el transcurso de la tarde, cesaban las risas, y del oscuro hueco de la trastienda subían gruesos quejidos y sollozos. Sólo Francisco conocía la causa.

—Si la patrona descubre una puntada fuera de lugar, las muele a palos.

Pero había algo aún peor que las puntadas fuera de lugar.

—Las gotas de sangre. Si una de ellas se hinca con la aguja y mancha la tela, la patrona la echa a la calle, no sin antes propinarle una buena tunda.

Antonia, que había tenido tan poca ocasión de compadecerse por nadie que no fuera ella misma, había sentido, por primera vez en su existencia, una compasión furiosa por aquellas mujeres y un odio de miseria por la patrona que las gobernaba. No sabía si era la cercanía de Francisco, pero cada vez que llegaban a sus oídos los gritos de dolor —algo apagados por los golpes de la vara—, lloraba ella también, con la cara oculta entre las sábanas.

El carruaje cruzó por un estrecho puente de madera y se internó en las callecitas empedradas del lado de Podolski. Cuando estaba ya muy cerca de la posada, se detuvo en seco para dejar pasar a un pope con su comitiva. Antonia se estremeció. Alguna vez, Ghika le había advertido que era de mal agüero detenerse en el camino para dejar pasar a un pope, a menos que se rompiera el hechizo siguiéndolo en zigzag, sin perderlo de vista, durante un breve trecho. Tuvo la tentación de hacerlo, pero la ganó el pudor, ¿qué iba a pensar la gente que la viera emprender aquella caminata de borracho? El carruaje ya no volvió a detenerse hasta llegar a la posada. Antonia fue derecha al salón donde unos días atrás se despidiera de Francisco, pero, nada más verla llegar, el posadero le informó de que el conde de Miranda había salido y no pensaba regresar en varios días. Si deseaba dejarle algún recado, haría llamar a su criado, que estaba afuera reparando una *kibitka*. Ella trató de dominar su turbación, miró soberbia al hombre y sacó una voz serena desde el fondo de su garganta atribulada, que palpitaba como un pájaro.

—Llame al criado.

El posadero se alejó y, al cabo de unos minutos, reapareció acompañado por un joven pelirrojo de crenchas pegajosas y labio leporino, el mismo que pocos días atrás le había entregado los dos huevos de Pascua y aquella carta firmada por José Amindra.

—¿Podrías darle un recado a tu patrón?

—Mejor lo escribe en un billete.

—Te dejo el billete —concedió Antonia—, y tú se lo llevas enseguida.

—No puedo —contestó el criado—. Mi patrón no vuelve hasta pasado mañana.

—Pero puedes llevárselo, ¿no es cierto?

—Puedo —admitió el otro—, pero el patrón no quiere verme. Ordenó que lo esperara aquí.

Antonia hizo un gesto de impaciencia. Le repugnaba aquel rostro peludo y rojizo, el labio deforme bajo el cual asomaba un solitario diente roto y amarillo.

—¿Dónde está tu patrón?

El muchacho vaciló.

—No lo sé.

Antonia desvió la vista y se topó con la cara redonda del posadero que sonreía mirando la escena. No lo pensó dos veces, se abalanzó contra el muchacho, lo tomó por una oreja y lo sacudió con fuerza:

190

—Si no quieres que ordene que te den de palos, dime dónde está tu patrón.

El criado se retorcía de dolor, pero no profería queja alguna. Antonia arreció el maltrato.

—Lo dejé en la catedral —sollozó al fin.

—¿Qué catedral?

—La de las colinas, la que queda sobre el río.

El posadero se acercó un poco y los observó con cierta curiosidad. Luego retrocedió instintivamente, carraspeó con fuerza y sacó una voz medio cascada por el temor:

—Me parece que habla de la catedral de San Jorge.

Antonia, jadeante, soltó al criado, que escapó hacia el interior de la posada.

—La catedral de San Jorge —repitió el hombre—, la que está junto al monasterio de Vydubichi.

—¿Vydubichi?

En medio de su gravedad, la princesa Ghika había sacado fuerzas para mencionar ese lugar. Teresa Viazemski estaba en Kiev y se ocultaba allí.

—¿Vydubichi? —repitió lívida—. ¿Está en Vydubichi?

Salió rápidamente de la posada y, antes de subir al coche, se detuvo frente a la tienda de sombreros. Una mujer risueña, que llevaba un bonetillo de tafetán azul, se acercó a la puerta y la invitó a pasar. Ella se dejó conducir hasta una larga mesa donde había decenas de fraustinas en las que se exhibían los famosos tocados coronados de plumas, y un espumoso muestrario de cofias adornadas con flores.

—Vea esta *dormeuse...*

Antonia tomó entre sus manos aquel delicioso nido de gasas y encajes. La propietaria de la sombrerería la ayudó a desplegar las cintas y de repente cambió su faz risue-

191

ña. Ambas vieron al mismo tiempo una diminuta manchita marrón en el envés de aquella pieza.

—Enseguida le traigo otra —dijo la mujer, a la vez que recogía las cintas—. Una de las costureras se debe de haber pinchado.

Antonia la detuvo.

—Es esta la que quiero.

—Le conseguiré otra igual, sin esa mancha.

—Voy a pagar por esta —se empeñó Antonia, con una voz tan poderosa que la mujer se encogió aturdida.

Salieron juntas a la calle y la dueña de la tienda se adelantó para acomodar dentro del coche el voluminoso paquete que contenía la *dormeuse*. Cuando ya el carruaje estaba en marcha, Antonia deshizo el envoltorio y examinó de nuevo la tela, suavemente perfumada, y las cintas del tocado. Luego lo devolvió todo a su sitio y miró por la ventana el paisaje, que le pareció brumoso y sucio.

—Vydubichi —murmuró cansada.

Entonces se acordó del pope que había visto un rato antes, y de la ominosa nube de incienso que iba dejando a su paso.

—¡Deténgase! —gritó al cochero.

Se quedó inmóvil un instante y al final tomó el paquete abierto y lo lanzó por la ventana.

—¡Ahora vámonos! —gritó de nuevo.

Volvió la vista atrás y vio el ovillo blanco a la distancia; abriéndose lentamente en el barro; desperezándose con dolor y sangre, como un caradrio herido.

—Anímese, le traigo buenas noticias.

Pedro de Macanaz se incorporó en el lecho y soltó un dolorido bostezo. Cuando concluía ese malsano invierno del norte y, con él, la amenaza latente de los sabañones, comenzaba el martirio de las noches blancas. A la hora de dormir, aún había tanta claridad que se podía leer a la intemperie. Y cuando se pensaba que iba a oscurecer, aquel amago de crepúsculo se diluía en una madrugada lechosa, que poco a poco iba reverberando con la luz.

—No he podido pegar ojo.

Sin esperar a que lo invitaran a sentarse, Pablo Grigulévich arrastró una silla y la colocó junto a la cama.

—Verá como la noticia que le traigo lo espabila por completo.

El otro movió la cabeza apesadumbrado. Entre las noches blancas y el dolor de la entrepierna... Hizo una seña hacia su bajo vientre, justo donde las mantas delataban cierta nacencia indecorosa.

—¿No se ha aliviado todavía?

—Bah, ayer mejoró un poco y hoy volvió a empeorar. Gulchah me pone unos fomentos.

No en balde, pensó Grigulévich, había notado ese olor tan peculiar. Era un aroma de almendras mezclado con los efluvios de ciertas especias orientales. Pero era también como un tufillo metálico y amargo, algo que él sin querer relacionó con filtros y ponzoñas.

—Miranda —le dijo Grigulévich— está desde ayer en San Petersburgo.

Macanaz hizo un gesto de incredulidad.

—Llegó anoche, y mañana tendrá oportunidad de conocerlo. Habrá una fiesta en lo del príncipe De Ligne, y tengo entendido que él ha sido invitado.

—¿Una fiesta? —replicó Macanaz—. ¿Cómo cree que puedo presentarme así en ninguna parte?

—Alguna manera habrá de solucionarlo —lo atajó Grigulévich—, pero creo que por nada del mundo debería faltar.

Un criado entró en la alcoba portando la bandeja con el desayuno. Macanaz olfateó el aroma de su chocolate y luego levantó la servilleta que cubría un par de bizcochos.

—¿Qué se sabe de Antonia de Salis?

—De ella precisamente trata la buena noticia que vengo a darle.

Grigulévich siempre ocultaba una carta dentro de la manga. Cosas de rusos, se dijo Macanaz. Ya se lo habían advertido Fitz-Hebert, Ségur, Serra Capriola, y todos aquellos extranjeros que, por haberlos padecido tanto tiempo, los conocían al revés y al derecho: de los confidentes rusos no había que fiarse nunca. Claro que Grigulévich no era del todo ruso, ni tampoco un confidente en el sentido estricto. Hijo de una comadrona turca, que se aplicó a sí misma sus mejores artes para traerlo sano y salvo al mundo, el hombre había nacido en el mar de Mármara, en las bodegas de un caramuzal que navegaba de Gallípoli a Escútari. Fue en esta última ciudad donde pasó sus primeros años, hasta que el padre, un comerciante ruso, se lo llevó a vivir consigo a San Petersburgo, le dio una buena educación y de paso le dejó asegurado el porvenir. Por otra parte, nadie lo contrataba sino para misiones delicadas, que precisaran de algo más que de la confidencia. Que precisaran, por así decirlo, de un poco más de acción.

—¿Ha logrado dar con ella?

—Mejor que eso —respondió el otro—. Fue ella la que dio conmigo.

Macanaz dejó en el aire el bocado que intentaba darle a uno de los bizcochos.

—¿Quiere decir que ella lo fue a buscar?

—Envió por mí, que es más o menos lo mismo. La visité hace unos días en la casa de Naritchkin, en ese lugar llamado Petrushkin. Está dispuesta a colaborar.

—Quizá se haya asustado —agregó Macanaz—, temerá que el padre se entere de sus correrías.

—Nada de eso —susurró Grigulévich, mientras sacaba del bolsillo de la casaca una cajita de rapé.

—Y si no es por miedo al padre, dígame usted, ¿por qué motivo nos va a ayudar?

Pablo Grigulévich aspiró golosamente su tabaco.

—Por amor, don Pedro, nos ayudará por amor.

A Macanaz le costaba decirle: «Explíqueme eso». Le costaba ceder a esa estúpida trampa que no tenía otro fin sino ponerlo rojo de la impaciencia, y acaso elevar en unos cuantos ducados adicionales el precio ya bastante alto que exigía por sus servicios.

—Explíqueme eso.

Grigulévich, por su parte, seguía tratando de identificar aquel olor acibarado y resbaloso que llenaba la habitación. Ni siquiera el aroma del rapé lograba distraerlo de la hedentina encubierta que flotaba en torno al lecho.

—Parece que Antonia de Salis está muy decepcionada. Se me figura que Miranda no la ha mimado mucho últimamente.

—¿Y qué esperaba ella? —preguntó Macanaz—, ¿acaso no sabía con la clase de truhán que se estaba enredando?

Se escucharon unos golpecitos en la puerta, Pedro de Macanaz dijo: «Adelante» y la bailarina tártara entró ceremoniosamente llevando una jofaina cubierta por una servilleta. Grigulévich sintió que aquel desconcertante olor se intensificaba y le horadaba la nariz.

—Son mis fomentos —explicó Macanaz—. Pero eso puede esperar.

Gulchah miró de reojo al visitante y, antes de retirarse, le hizo una inclinación con la cabeza.

—Antonia de Salis —continuó Grigulévich— asegura que podrá atraer a Miranda a la casa del conde Valentini.

—¿Pero ya le informó que será en lo de Valentini?

—De ninguna manera. Le hablé simplemente de una casa, de un lugar discreto y seguro. Le he recomendado, además, que no trate de comunicarse con Miranda hasta que yo se lo indique. Lo principal es que él se sienta cómodo y confiado en San Petersburgo.

Macanaz saltó de la cama y, ante los ojos pasmados de Grigulévich, se quitó el gorro de dormir y se alisó con la mano sus escasos mechones. Por debajo de la bata de noche, justo al nivel de la entrepierna, se elevaba el espolón de sus tormentos.

—Ya ve en qué estado me encuentro.

Pablo Grigulévich trató de disimular su azoro.

—Pero algún modo habrá de encubrirlo, ¿o no?

—Y lo que duele —añadió Macanaz—. No sabe usted las noches que estoy pasando.

—Lo que he venido a decirle —cortó rápidamente el otro—, es que el caso de Miranda está a punto de resolverse. Ya lo tenemos aquí, vigilado por gente de toda mi confianza. Sólo falta que la señora de Salis haga su parte.

—Yo me iré tan pronto como esto termine —afirmó Macanaz—. Lo aprueben o no en Madrid, no voy a pasar otro invierno en San Petersburgo.

La charla prosiguió un buen rato, hasta que Gulchah reapareció sin anunciarse, se acercó a la jofaina y levantó la punta de la servilleta. En su extraña jerigonza, advirtió que los fomentos se estaban enfriando, y al decirlo miró fijamente a Grigulévich. El aludido comprendió y se despidió de Macanaz.

—Mañana pasaré a buscarlo.

—Veremos qué se puede hacer —respondió mientras se abandonaba a los cuidos de su camarera.

Al día siguiente, cuando el criado abrió la puerta a Grigulévich, le advirtió que su patrón ya lo esperaba arriba. Nada más verlo llegar, Macanaz se le plantó enfrente y lo miró a los ojos:

—No quiero hacer el ridículo, así que sea sincero, ¿cómo me ve?

Grigulévich bajó la vista y descubrió que el espolón de la entrepierna había cambiado de forma. En su lugar, observó una media lomba mucho más discreta.

—Casi perfecto —admitió—. Y la casaca lo cubrirá del todo.

Macanaz suspiró aliviado.

—Eso me ha parecido a mí también.

Salieron hacia las diez de la noche, pero la claridad y los niños en los parques no hacían suponer que fueran más de las cinco de la tarde. El carruaje enfiló por la calle de la Línea Inglesa, donde todavía a esas horas paseaban familias enteras, y cuando se detuvo por fin frente al palacete que ocupaba Charles de Ligne, Macanaz se volvió hacia Grigulévich y le confesó que aquel francés no le inspiraba demasiada simpatía.

—¿Francés, De Ligne?

—Bueno, él insiste en que es francés en Austria, austríaco en Francia, y las dos cosas en Rusia.

—En Rusia —acotó Grigulévich—, es tan sólo un bribón.

Antes de entrar a la fiesta, Macanaz se abrió un poco la casaca para cerciorarse de que el encubrimiento seguía intacto.

—Gracias a los fomentos —susurró—. Creo que al fin me están surtiendo efecto.

—A propósito —dijo Grigulévich—, ¿quién se los ha recetado?

—En realidad me los prepara Gulchah según la fórmula que se utiliza en la Tartaria. Pero sé que contienen algo de escordio, vid salvaje, sangre de comadreja, limadura de líquenes...

Grigulévich tragó en seco y se alegró de que el recuento se hubiera interrumpido. Quedaba atrás la sosegada atmósfera de aquellas calles y se abría ante los ojos de ambos hombres el hervidero colosal de un baile en el que parecía haberse volcado la ciudad completa. Macanaz quedó extasiado ante la gracia y la sensualidad de dos mujeres que sacudían sus carnes al compás de una danza cosaca.

—La más rubia —reveló Grigulévich— es la hija de Naritchkin.

—Merece la pena, pero no la cambio por mi bailarina.

Se separaron poco después. Grigulévich se dirigió al salón de juegos y Macanaz se unió al grupo donde el conde de Cobenzl, recién llegado de Kiev, relataba las maravillas de su viaje al sur. Una mujer quiso saber si habría guerra con Turquía, pero Cobenzl esquivó la pregunta y continuó alabando los ricos trajes de los magnates lituanos; la belleza casi pecaminosa de los adolescentes circasianos, y la cuidada apariencia, embelequera y regia, de ciertos oficiales cosacos. La misma voz femenina preguntó entonces si era verdad que la Emperatriz había abofeteado al rey de Polonia.

—¿Quién ha dicho semejante infamia? —gritó Cobenzl, súbitamente enrojecido.

Pedro de Macanaz se empinó un poco y dirigió la vista hacia el lugar de donde provenía la voz. Entonces vio a la condesa de Sievers.

—Lo dice todo San Petersburgo —afirmó ella sin amilanarse.

Se hizo un silencio incómodo, y el príncipe De Ligne, quien acababa de sumarse al grupo, soltó una carcajada.

—San Petersburgo, señora, está muy lejos de Kaniv y parece que las noticias llegan muy cambiadas. ¿Quién puede abofetear a un hombre tan correcto como Estanislao Poniatowski?

—Se ha dicho que Poniatowski rompió a llorar —insistió la otra.

—Estaba muy afligido —admitió Cobenzl—. Después de todo, invirtió más de tres meses y sabrá Dios cuántos millones para estar cerca de la Emperatriz. Y ella sólo se dignó recibirlo un par de horas, y eso en presencia de Potemkin.

Macanaz se percató de que el rostro de la mujer se demudaba al oír el nombre del Príncipe de Táurida.

—Potemkin volvió al sur, ¿no es cierto?

Cobenzl se encogió de hombros.

—La verdad es que desapareció en Kharkov. Ya se veía muy cansado.

Macanaz sintió que lo tomaban por un brazo. Se volvió y vio a Grigulévich, quien venía acompañado de una mujer de porte llamativo, con unos ojos que derrochaban jactancia, o ironía... Volcánicos ojos que le evocaron de inmediato las pupilas abisales de su bailarina tártara.

—Le presento a Antonia de Salis.

La había imaginado de otro modo. La nariz recta, más propia de varón, le daba acaso un aire demasiado severo. Pero esa impresión duraba nada, apenas un momento y se desvanecía al contemplar el rostro en su conjunto: la mirada sedosa y la manera de entreabrir los labios, los entreabría para escuchar, como si ese gesto la ayudara a entender.

—Tengo excelentes referencias de su padre —le dijo Macanaz, después de los saludos.

Antonia endureció la expresión y Macanaz miró un momento a Grigulévich; luego volvió los ojos a la muchacha.

—Espero conocerlo algún día.

Ella sonrió con desgana y se puso a mirar a las parejas que bailaban. El otro aprovechó a su vez para observarla.

El caso es que tenía buena figura y unos pechos redondos y empinados. Esforzó la vista y descubrió que en el escote, junto al nacimiento de los senos, brillaba un pequeño pájaro de piedras.

—Bonito broche —ronroneó, los ojos clavados como dos garfios en la carne.

Antonia torció el gesto y le dirigió una mirada desafiante:

—Regalo de mi prima, la princesa Teresa Viazemski.

Enseguida se despidió y corrió al centro del salón, junto a la hija de Naritchkin. Macanaz la siguió con la vista hasta que Grigulévich lo increpó:

—¿Por qué le dijo lo del broche?

La voz de Macanaz sonó arrogante y seca:

—¿Y por qué no se lo iba a decir?

—Antonia de Salis está a punto de entrar a una misión muy delicada —explicó el otro—. Será un mal trago para ella y cualquier indiscreción puede estropear los planes.

En ese momento sintieron fuertes voces a sus espaldas y se dieron vuelta casi al mismo tiempo. Grigulévich disparó tres palabras que sonaron como tres cañonazos:

—Ahí está Miranda.

Macanaz contuvo la respiración y miró hacia el techo, luego al perfil de la condesa de Sievers, que aún vagaba por los alrededores, y por último enfrentó al grupo de hombres que venía a su encuentro, sin llegar a distinguir ninguna cara conocida. Lo próximo fue la voz retumbona del general Levshev, que opacó la música y el murmullo de las conversaciones.

—Este es mi huésped, el coronel Francisco de Miranda.

Casi a su pesar, Macanaz inclinó la cabeza y balbuceó un saludo. Pablo Grigulévich, en cambio, permaneció de piedra, esbozando una media sonrisa con su fina boca de pescado. Levshev se mantuvo muy atento, estudiando las reacciones de ambos hombres, y finalmente Miranda hizo un saludo casi imperceptible y siguió su camino. Entonces Macanaz cayó en la cuenta de algo que le pareció tan obvio que no se explicaba cómo era posible que nadie se lo hubiese mencionado.

—¿No le parece singular? ¡Pero si son idénticos!

—¿Quiénes?

—Miranda y Antonia de Salis. Tienen la misma nariz, los mismos ojos.

Grigulévich movió la cabeza.

—No se obsesione, don Pedro. Al fin y al cabo, si se parecen, cosa que dudo, eso no cambia en nada nuestros planes. Están juntos, aquí, esta noche. ¿No se da cuenta? Tenemos la mitad del camino ganado.

—Pues yo me voy a tener que ir —replicó Macanaz—. Aquello me empieza a mortificar de nuevo.

Afuera la claridad había menguado, pero no podía decirse que hubiera caído la noche sobre San Petersburgo. Sin embargo, ya no se veía un alma por la Línea Inglesa, y el resto de las calles estaban también casi desiertas.

—Quisiera terminarlo de una vez —resopló angustiado Macanaz.

—Paciencia, don Pedro, terminaremos pronto.

Pablo Grigulévich soltó un bostezo y continuó observando las tartanas de los pescadores que navegaban por un río tan apacible y dócil que era difícil de creer que aún fuese el Nevá.

—¿Quiere que le dé un consejo? —dijo después de

un rato—. Yo, en su lugar, no me pondría más esos fomentos.

—¿Por qué no? —preguntó asombrado Macanaz.

—Porque nada que venga de los tártaros puede ser bueno, amigo mío. Por eso.

Entre mille voyageurs, il y a à peine cent qui sachent
précisément pourquoi ils voyagent...

(Entre mil viajeros, apenas cien saben precisamente por qué viajan.)

Johann Kaspar Lavater

Después de varias semanas de andar viajando por atre-
chos inmundos y caminos fantasmales, una llovizna abrillantada y fría la recibió en San Petersburgo.

Por mucho que Ghika se esforzó en describirlo, Antonia no pudo imaginar el espectáculo que se iba a abrir ante
sus ojos. Asomada a la ventanilla del carruaje, vio discurrir
una ciudad radiante, más solemne de lo que pensaba, muy
distinta a la que vislumbró en aquellas noches febriles de
Cherson, cuando sobre su cuerpo adolorido aún batallaban
el lapislázuli y la muerte. De vez en cuando le daba olor a
pescado, a pescado crudo y a hojarasca viva; esa hojarasca
que barajaban en el suelo las ventolinas que soplaban desde el golfo. Como en un sueño, llegó a entrever las sendas
bifurcadas bajo el abrazo de los tilos y la suave luz viole-
ta del atardecer.

—Son los Jardines de Verano —le pareció escuchar
la voz de Ghika.

Fue la anciana princesa quien más le insistió para que
continuara el viaje. ¿Tenía algo mejor que hacer en otra
parte? ¿Deseaba acaso volver a Cherson, o ir a enterrarse

204

con su padre en Cuba? No, no había ningún camino más ancho y venturoso que aquel que la llevaba a San Petersburgo. Y aun cuando Ghika y su viejo criado habían quedado sepultados en Kiev, ella siguió adelante, impulsada por el ansia que extraía de ese recuerdo de parajes sumergidos, donde las aguas mandaban, y los pájaros, chorreando, obedecían.

El carruaje pasó frente a los muelles del Nevá y el panorama que desde allí se divisaba la apaciguó como si fuera un bálsamo. Llegaban hasta ella olores nuevos: el efluvio dulcemente pútrido del cieno y el aroma algoso de las escolleras. Una veintena de hombres, encorvados sobre la avanzadilla, se ocupaba de alinear la carga de barriles y fardos, algunos de ellos destrozados, con la arpillera hecha jirones.

—Deténgase —le gritó al cochero.

Su criada, adormilada, se frotó los ojos.

—¿Ya llegamos?

—Todavía no —le dijo Antonia—. Sigue durmiendo.

Bajó del carruaje y caminó lentamente hacia el embarcadero. Los estibadores, azorados, se descubrían al verla pasar y Antonia notó que la brisa, tibia y bienhechora, arrastraba por su cara las últimas gotas de lluvia. Había escampado sobre San Petersburgo, o al menos sobre aquella parte de la ciudad, y enfrentada de pronto a la infinita cordura del paisaje, se relajaron sus nervios y comprendió que ya no sentía nada. Ni el desprecio implacable por Teresa Viazemski, ni el coraje cerrero por Francisco. Ni siquiera podía sentir demasiada tristeza por la desaparición de Ghika. «Un espíritu antiguo», pensó, «alguien que ya no va a volver.»

—¿Quiere que la llevemos al otro lado?

Antonia contempló la frágil embarcación que le ofre-
cían, una especie de caique destartalado y sucio, y miró la
cara tosca y achinada del hombre que prometía cobrarle
medio rublo por la travesía.

—Otro día —respondió.

Volvió al carruaje y le gritó al cochero que continuara
sin detenerse hasta Petrushkin. Su criada Domitila, que se
había espabilado por completo, le ofreció una naranja que
ella rechazó. Poco después oyeron abrirse los portones
de hierro que resguardaban los jardines del palacio, y Antonia descubrió, desde el carruaje, que allí también contaban con una Casa de Calor de dimensiones similares a la
que tanto la había impresionado en Cherson. Salió a re-
cibirla la suegra de Naritchkin, una anciana de modales
suaves que peinaba cabellos largos y azulinos, y que leyó
ahogada en llanto la carta de recomendación que le había
escrito la princesa Ghika.

—Así que murió en Kiev —dijo emitiendo el último
sollozo—. Siempre supo que se moriría allí.

Aunque el dueño de la casa y sus dos hijas estaban pasando el día en el campo, regresarían a tiempo para cenar
con la invitada. Antonia fue llevada entonces a una habitación con vistas al agua y al invernadero que la seducía,
pero, antes de dejarla a solas, la suegra de Naritchkin hizo
un gesto teatral: se llevó el dorso de la mano a la frente y
le dedicó una sonrisita necia.

—¡Qué memoria la mía! Tengo una carta para usted.

Metió la mano en el bolsillo de su falda y extrajo un
sobre lacrado que Antonia tomó con asombro.

—Nadie sabe que estoy aquí.

Se retiró con otro gesto en falso, sin darle explicacio-
nes, y Antonia se puso a mirar el sobre por ambos lados,

como si tratara de adivinar el contenido. No tenía remitente, sólo su nombre, y ni siquiera consideraron necesario escribir las señas del lugar donde se hospedaba. «Viene de aquí», pensó, «de algún lugar de San Petersburgo.» Rasgó el papel y extrajo una hoja escrita con la letra convulsa y redonda de la gente impaciente o muy apasionada. En lugar de leer las primeras líneas, buscó la firma con la esperanza de hallar el nombre de José Amindra. Entonces descubrió que la firmaba el coronel M. de Ribas y en ella le decía que Su Alteza, el Príncipe de Táurida, quería ofrecerle un desagravio por lo que había sido aquel fugaz y desgraciado encuentro de Cherson. Que fijara ella la fecha y la hora, y que le confiara el billete a la misma persona que le había hecho entrega de esa carta.

Antonia apartó las colgaduras y se tumbó en la cama. Ghika, finalmente, había avisado a Potemkin de que ella iba de camino a San Petersburgo y se estaría hospedando en la casa de Naritchkin. Aún después de muerta, el fantasma obstinado de la princesa seguía rondándola con una sola idea fija: que se lanzara en brazos de aquel oso repugnante.

—De ninguna manera —se prometió a sí misma, y rompió el papel en pedazos.

En los días que siguieron, ningún miembro de la familia Naritchkin se atrevió a tocarle el tema. Antonia, mientras tanto, aprovechó esa pausa para salir al campo con las mujeres de la casa y visitar los suntuosos comercios de los que tanto le había hablado Teresa. Algunas mañanas, sin embargo, se quedaba deambulando por los jardines de Petrushkin y observaba a lo lejos, del otro lado del río, el abejeo de albañiles y criados que remozaban el palacio de Potemkin. El Príncipe de Táurida tal vez no estaba allí.

Pero por la prisa que se daban todos en terminar las obras, era evidente que llegaría de un momento a otro.

Una mañana, cuando entraba a la Casa de Calor, se encontró de frente con la suegra de Naritchkin, que traía en las manos un azafate con cerezas. La anciana se detuvo y la invitó a que tomara alguna fruta. Antonia recordó los cuentos infantiles de las brujas que hechizan a las niñas, haciéndolas tragar un filtro que embuten dentro del corazón de una manzana. Aun así, tomó unas cuantas cerezas y, mientras las masticaba, pensó que acaso esa mujer no fuera la suegra de Naritchkin. La pulpa de la fruta estaba dulce y fresca, y cuando al fin la hubo tragado, sintió sobre su espalda el peso de una idea a la vez trágica y rotunda: estaba en presencia de la princesa Ghika, del alma rediviva de aquella griega terca que había venido tras sus pasos a fin de hacer cumplir su última voluntad.

Aquella misma noche sacó el pequeño cofre de madera y se sentó junto a la ventana de su alcoba, por la que todavía entraba tanta claridad que pudo prescindir de la luz de las velas. Extrajo el broche que le regaló Teresa y la estampita de la Virgen Negra de Rocamadour. En el fondo encontró un papelito doblado que releyó en silencio: Pablo Grigulévich, lugar llamado Ribestzkaya, camino de la Petite Morskoy, San Petersburgo. Luego escribió dos cartas muy breves. Una de ellas la envió a la dirección de Grigulévich. La otra la retuvo consigo hasta la mañana siguiente, cuando bajó a desayunar y coincidió en la mesa con la suegra de Naritchkin.

—Gracias por las cerezas —le dijo en tono cómplice.

La anciana la miró con suspicacia y Antonia le mostró el pequeño sobre lacrado.

—Quiero que se lo haga llegar a la misma persona que le entregó aquella carta.

El primero en responder fue Pablo Grigulévich. Se apareció en Petrushkin con un ramo de flores de parte del señor Pedro de Macanaz, y no habló de Francisco de Miranda hasta que Antonia, por voluntad propia, tuvo a bien mencionarlo: ella quería saber cuándo lo esperaban en San Petersburgo.

—Llegará en cualquier momento —respondió Grigulévich—. Aunque tengo entendido que usted lo ha visto en Kiev.

Antonia afirmó conturbada. No se explicaba cómo aquel hombre podía tener conocimiento de un encuentro que, hasta ese momento, ella suponía secreto.

—Todavía no estoy segura de que quiera tomar parte en ese asunto... Ni siquiera sé lo que le harán a Francisco.

Pablo Grigulévich movió de un lado para otro sus pupilas, y Antonia tuvo la impresión de que viraba los ojos en blanco.

—Enviarlo a España, eso es lo único que haremos. Allá debe responder a la justicia por los delitos cometidos. Estará en prisión algún tiempo.

Enseguida intentó asegurarse de que Antonia no vacilaría.

—Si no lo detenemos nosotros ahora, los rusos lo mandarán a Alaska.

Para beneplácito de Grigulévich, ella preguntó qué tenía que ver Francisco con Alaska.

—Mucho, señora. Quizá todavía él no lo sepa, pero Potemkin tiene planes de enviarlo al frente de una expedición que partirá hacia el norte del Pacífico. Irá primero a Kamchatka.

—Kamchatka...

—La expedición allanará el camino para que los mercaderes rusos que andan por la isla de Kódiak vayan cayendo sobre las tierras que Miranda tratará de sublevar. Al final, cuando se metan de lleno en California, los mismos rusos querrán deshacerse de él y lo matarán, si es que antes no perece de frío, o a manos de algún salvaje.

Antonia echó hacia atrás la cabeza y se quedó mirando los dibujos del artesonado. Ángeles y monos. Volutas e hipocampos. Pájaros sin mácula, con dos pequeños cuernos como los de un caradrio. Miró fijamente a Pablo Grigulévich y él le sostuvo la mirada.

—Me pregunto por qué usted, siendo ruso, trata de evitar que eso suceda.

—No nací en Rusia —rectificó Grigulévich—. Pero esa es otra historia que no viene a cuento.

Una semana más tarde, la suegra de Naritchkin entró en la alcoba que ocupaba Antonia y, sin decir palabra, le entregó otro sobre.

—¿Por qué no se lo dio a mi criada?

La anciana negó con la cabeza. Al día siguiente, Antonia se arregló con su mejor vestido, pero en lugar de colocarse una peluca elaborada, prefirió dejarse los cabellos al natural, añadiéndoles apenas dos o tres postizos que disimuló con hebillas de nácar. Finalmente, se acomodó uno de los sombreritos de verano que le había comprado a *monsieur* Raffí. Cuando estuvo lista, hizo llamar a la suegra de Naritchkin.

—Ahora, dígame cómo puedo cruzar al palacio de Potemkin.

La anciana le contestó impertérrita.

—Abajo la están esperando.

210

Bajaron juntas las escaleras y juntas atravesaron el salón. Salieron al jardín y caminaron un largo trecho aplastando las diminutas florecitas amarillas que habían crecido sobre el césped. Cuando estaban muy cerca de la orilla del río, Antonia divisó una especie de góndola adornada con flores, en cuyo centro habían clavado un enorme parasol de rayas. La suegra de Naritchkin, sin atreverse a abrir la boca, dio media vuelta y se alejó, pero Antonia tuvo que continuar por un pequeño puente de madera improvisado sobre el barro. Los dos hombres que conducían la embarcación la ayudaron a sentarse y luego soltaron amarras. Navegaron por varios minutos, bordeando el pequeño delta cubierto de arbustos que se alzaba en mitad del río, y antes de desembarcar, Antonia observó que tres monjes, como tres inmensos cuervos, avanzaban al mismo tiempo en dirección al malecón de granito. Uno de ellos, cuyo hábito negro aleteaba con la brisa, se adelantó por fin en el instante en que ella se puso de pie para saltar a tierra. El hombre echó hacia atrás la capucha y le tendió una mano.

—Bienvenida —pronunció a su manera, en su rugiente lengua.

Antonia reconoció el contacto de esos dedos rasposos, de uñas retintas y carcomidas.

—Me alegro de volver a verla.

Sintió el calor de aquella mano aferrada a su antebrazo y percibió el aliento crudo de Potemkin, que era como el aliento abrasador de un animal de fábula.

—La he estado buscando.

Antonia pensó un instante en Francisco, y aún tuvo otro instante para preguntarse qué estaba haciendo allí, caminando a la vera de aquel monje demente. Bien mirado, no había ni un solo rasgo amable en el rostro del Príncipe de Táurida; ni siquiera un rincón de su carne que le hubiera sido grato besar o acariciar.

—Acabo de llegar de Crimea. Nadie sabe que estoy en San Petersburgo.

Se sentía como ebria, atrapada en ese vértigo de arrojo en el que poco a poco se embotaban sus sentidos.

—Ni siquiera Su Majestad Imperial sabe que estoy aquí.

Potemkin trataba de halagarla y Antonia, mientras tanto, hizo un esfuerzo para convencerse de que estaba allí por despecho. Pero la figura de Francisco se le antojaba tan remota y escurridiza, que no tuvo más remedio que confesarse la verdad: estaba allí porque se había vuelto loca.

—He mandado a preparar comida. La travesía le debe de haber abierto el apetito, ¿no es así?

No, tampoco aquella era la verdad. No estaba loca. Estaba más cuerda y lúcida que de costumbre y, sin embargo, cuanto más miraba el rostro bárbaro de Potemkin, cuanto más veía sus dientes feroces y ennegrecidos, más se convencía de que sería incapaz de amarlo.

—Y tenemos un excelente vino de Hungría.

Fueron derechos al aposento donde habían preparado la mesa. En el lado opuesto, bajo la ventana, Antonia divisó un canapé con muchas mantas en desorden. Y vio otra vez, tirados por doquier, varios huesos y cáscaras de frutas, como si acabara de comer un mono. Detrás de ellos, las puertas se cerraron y Potemkin se colocó de frente, mirándola con su única pupila dislocada y turbia.

—Ghika me escribió diciéndome que usted también me había buscado.

—Pero Ghika murió —se estremeció ella.

Potemkin se acercó hasta rozar con su barbilla la frente y la nariz de Antonia. Luego dio unos pasos hacia atrás y tomó de la mesa un platillo humeante del que comenzó a comer, ayudándose con migas. Sin miramientos y con la boca llena, la conminó a que probara las criadillas de jabalí. Ella se acercó, llena de asco, y probó de otro platillo que aún estaba intacto. Ambos permanecían de pie, masticando en silencio, midiéndose tranquilamente. Cuando Potemkin hubo terminado, tomó de la mesa un gran vaso de vino que se bebió de una gorgorotada. Acto seguido, lanzó el vaso al aire por encima del hombro, fue hacia un rincón y se deshizo del disfraz.

—El monje que me lo prestó debe de haber estado cundido de pulgas.

Se rascó el pecho y caminó desnudo hacia el canapé, desde donde extendió su mano tratando de alcanzar a Antonia. Ella no vaciló un solo momento, serenamente se acercó, buscando en el rostro ansioso de Potemkin la clave imprescindible de toda su obediencia. Aún tuvo tiempo para rememorar las luces de su sueño, y cuando casi se asfixiaba bajo el peso y los olores de aquel oso embriagado, vio descorrerse ante sus ojos las copas henchidas de los tilos y la silueta carnal de alguna estatua que fulguraba con un color de sangre. Potemkin le acercó la boca untuosa y desalmada:

—Te llevaré a los Jardines de Verano.

*Celui qui ne voit pas de certaines choses dans le
premier moment, ne les verra pas davantage.*

(Aquel que no ve ciertas cosas en un primer
momento, no las verá mejor.)

Johann Kaspar Lavater

No tenía intención de asistir a aquella fiesta, pero Potemkin le sugirió que aceptara la invitación de las hermanas Naritchkin y acudiera con ellas al palacete blanco que se alzaba en medio de la Línea Inglesa.

Desde sus primeros días en San Petersburgo, Antonia se acostumbró a frecuentar esa alameda lánguida con olor a musgo, que se llenaba de viandantes durante las noches blancas del solsticio. En la Línea se paseaba, se hacía tertulia, se tomaba helado, se cerraban negocios y se concertaban citas. Allí fue presentada a tanta gente, que le era difícil recordar todos los nombres, pero siempre hallaba un rostro familiar; una anciana que la saludaba al paso; o algún muchacho de su edad con el que tarde o temprano volvía a coincidir, casi siempre en los jardines del Campo de Marte.

La casa del príncipe De Ligne quedaba en un alto, despejada y en apariencia inhóspita, y no había vez que ella pasara por allí que no se detuviera a contemplar los basiliscos tallados sobre el portalón; la extraña luz que rebotaba contra los cenadores del jardín, y el misterio de los seis galgos vivos, que retozaban en silencio absoluto, como si fueran los espíritus de galgos muertos. Aquella noche, por primera vez, entró a la casa y la recorrió a sus anchas, pasando de un salón al otro con la impunidad que le brindaba aquella muchedumbre que parecía tener un solo tema de conversación: el reciente viaje de Su Majestad Imperial a las provincias del sur. En cuestión de minutos, y dependiendo del corrillo al que se acercara, Antonia escuchó que ubicaban a Potemkin en cuatro ciudades diferentes, ninguna de ellas San Petersburgo, y se preguntó cómo era posible que bajo los disfraces que habitualmente usaba para llevarla a los Jardines de Verano, nadie reconociera su paso de oso herido ni su carota triturada. Descubrió, de pronto, en uno de esos grupos, a la condesa de Sievers, que casualmente pronunciaba el nombre de Potemkin. Se le acercó por detrás y se fijó en su nuca maquillada, la percudida sabanilla del tocado y las manchitas imbatibles de los hombros: estaba envejeciendo rápido, seguramente mal.

—Potemkin desapareció en Kharkov —afirmó el hombre que estaba a su lado—. Ya se veía muy cansado.

La condesa hizo un mohín de desconsuelo y Antonia se alejó sin rumbo fijo, allegándose al salón de juegos, donde las mesas estaban atestadas por invitados que, entre una apuesta y otra, se contaban chistes de nueva factura, casi todos a costa del rey de Polonia. Hacía calor y el abejeo de las voces se mezclaba con la música, y con aquel ruido indisoluble y basto de las monedas que se amontonaban sobre los tapetes.

—Cuidado con aficionarse al juego —oyó decir a sus espaldas—. Mire que aquí se han perdido fortunas.

No tuvo que volver el rostro para reconocer al dueño

de esa voz. Pablo Grigulévich la saludó con una breve inclinación de la cabeza y sólo entonces Antonia se atrevió a mirar esas pupilas resbalosas, que no perdían oportunidad de zambullirse en el blanco líquido del ojo.

—Don Pedro de Macanaz se encuentra aquí esta noche —le dijo sin rodeos—. Me gustaría presentárselo.

Antonia lo estuvo meditando unos segundos, luego aceptó y salieron juntos del salón de juegos. De vez en cuando, Grigulévich se empinaba y oteaba por encima de la concurrencia, hasta que al fin dio con lo que buscaba, apretó el paso y se detuvo frente a un hombre que era menos viejo de lo que Antonia había imaginado. Pedro de Macanaz llevaba una peluca de color marrón y una casaca pasada de moda, tan larga como las más antiguas, con acantos bordados en los puños y doble fila de botones, y despedía un olor metálico que se mezclaba inexplicablemente con el otro aroma, que era un perfume fuerte de lavanda.

Pablo Grigulévich los presentó sin demasiada ceremonia, hubo una rápida alusión a su padre, Juan de Salis, y Antonia cayó en la cuenta de que en verdad hacía varios meses que no pensaba ni en él ni en Cuba. Sólo le había escrito para avisarle que dejaba Cherson, y la estremeció la idea de que pudiera morir sin que ella se enterara. Volvió a la realidad cuando escuchó que Macanaz le celebraba el broche que llevaba prendido en el corpiño. Lo hizo clavándole los ojos, como una víbora que clava sus colmillos huecos.

—Es un regalo de mi prima —recalcó ofendida—. Queden con Dios.

Se alejó rápidamente, pretextando que iba al encuentro de las hermanas Naritchkin. Poco antes, mientras caminaban en busca de Macanaz, Grigulévich se lo había soplado: Francisco de Miranda ya estaba en San Petersburgo. Y ella asumió aquel hecho como una prueba irreal, como un trueque de rarísima virtud. Había hecho mal en acudir a aquella fiesta. Ya nada la distraía lo suficiente, nada la entusiasmaba demasiado como para arrancarla de la casa junto al río. Pensó en escabullirse cuanto antes, sin que se dieran cuenta las hermanas Naritchkin, ni el tal Macanaz, ni mucho menos Grigulévich. Potemkin salía de viaje al día siguiente, pero le había prometido regresar en poco más de un mes, a tiempo para emprender con ella un viaje por el Báltico, que sin duda se extendería más allá, sobre el lugar fantástico y poblado de corrientes engañosas que se decía que eran los fiordos.

Avanzó sin detenerse hasta el umbral del portalón, y desde allí miró hacia atrás para llevarse un último espejismo: los basiliscos y la medianoche; la luz de nata y los galgos ausentes. Giró embriagada y reparó, de pronto, en los dos hombres que se acercaban riendo. Miró primero el rostro de un militar de edad, que se inclinó en el acto musitando un saludo, y luego vio otro rostro austero, sin polvos ni lunares, con el cabello al natural, recogido firmemente tras la nuca. Él ni siquiera la llamó por su nombre, ni dio más muestras de sorpresa o reconocimiento, que una simple inclinación de la cabeza. Antonia, por su parte, sintió un golpe de sangre en las mejillas y una opresión fugaz en la garganta. Eso fue todo. Siguió de largo y subió al coche, y desde allí alcanzó a mirar la silueta un poco más fornida de Francisco, que se adentraba en los colores de la fiesta.

Fue derecha a la casa de Potemkin y, a diferencia de otras noches, no lo halló revisando mapas ni reunido con los pocos oficiales que conocían su paradero. Lo encontró solo, tumbado sobre una vieja otomana, tratando de descorchar una botella. Ni siquiera levantó la vista cuando la sintió llegar.

—No me la ha devuelto —murmuró entre dientes—. Mamónov se lo tiene prohibido.

Antonia se acercó, le quitó la botella de las manos y terminó de descorcharla ella misma.

—¿Qué es lo que no te han devuelto, Grisha?

—La dragona. Catalina no tenía ninguna aquella noche.

Ella se sentó a su lado y sacó un pañuelo, suavemente se lo fue pasando por el rostro.

—Llegó con Orlov y dijo que su marido iba a matarla. Entonces me acerqué y le entregué mi dragona, me la arranqué de cuajo, como si me arrancara el corazón.

Extendió el brazo con tanta violencia, que derribó una fila de botellas colocadas junto a la otomana. Con el mismo pañuelo perfumado, Antonia le limpió la nariz y le secó la barbilla, en la que aún quedaban partículas del arenque que acababa de devorar.

—Eso fue hace muchos años —consoló despacito a Potemkin—, y tu dragona no podía servirle a Catalina. Piensa que en aquel momento ella era coronel, y tú sólo un teniente.

Potemkin la miró aturdido, de pronto pareció reconocerla y hubo un destello de lucidez en ese, su único ojo de guerra.

—Le di mi dragona, como le di la vida: yo la salvé aquella noche. Y ahora mataré a ese mono blanco de Mamónov, dijo que me prohibiría la entrada.

Antonia lo ayudó a incorporarse y, como él apenas podía sostenerse, le sirvió de apoyo mientras lo arrastraba hacia el jardín. Lo obligó a sentarse de cara al río, le sostuvo la cabeza para que la brisa le diera de lleno en la cara, y al poco rato Potemkin pareció recobrar algunas luces. No volvió a mencionar el incidente de la dragona y permanecieron algún tiempo absortos, contemplando aquel lugar llamado Petrushkin y la casa iluminada del *Grand Écuyer,* que se elevaba en la ribera opuesta.

—Se acaba de declarar la guerra con Turquía —dijo Potemkin, rompiendo el hechizo.

—No oí decir nada en la fiesta.

—Déjalos que se diviertan. Mañana tendrán tiempo de enterarse. De todos modos, las acciones no comenzarán de inmediato. La peste en esta época del año mata más rápido que los cañones.

Razón había tenido Ghika, pensó Antonia, cuando auguró que por Cherson transitarían los carros de la muerte. Razón había tenido para tratar de huir de sus desastres, de los cuerpos mutilados y de los ríos de sangre que, al fin y al cabo, no la llegaron a tocar. Sintió la mano de Potemkin que le acariciaba las mejillas, y su voz que preguntaba cómo había estado la velada en lo de Charles de Ligne.

—Como todas —respondió—. Baile y juegos, y las muchas necedades que se dicen siempre. Hablaban de ti.

Potemkin soltó una carcajada.

—¿Me han matado de nuevo?

—Todavía no —repuso Antonia, y continuó en un tono cáustico, como si repitiera de memoria una lección muy detestada—. Se dice que desapareciste en Kharkov; que has regresado a Cherson; que te quedaste en Kiev, y que acabas de llegar a Sebastopol. Oí decir, además, que habías mandado un correo para avisar de que estabas muy enfermo, probablemente la fiebre mucosa.

Se detuvo a tomar aire y bajó el tono para agregar un insignificante dato:

—También estaba allí Francisco de Miranda.

—Ese Miranda —masculló Potemkin— ahora es mi subalterno: coronel del regimiento de coraceros de Ekaterinoslav. No por mi gusto, naturalmente, ha sido idea de la Emperatriz.

Antonia no pudo reprimir un pequeño sobresalto.

—¿Lo enviarán a Kamchatka?

El otro comenzó a morderse las uñas, siempre lo hacía, con más ahínco cuanto más se sabía observado.

—¿Kamchatka? Me parece que eso está muy lejos.

—Alguien lo mencionó en la fiesta —mintió ella—. Que Miranda iría a Kamchatka.

Potemkin movió la cabeza con la misma parsimonia con que lo hubiera hecho un buey.

—El encargado de negocios ha protestado ante la Emperatriz porque Miranda seguía usando el uniforme del ejército español.

—Macanaz... —musitó Antonia.

—Macanaz, sí. Pidió que lo expulsaran de Rusia.

La emprendió contra el dedo meñique. Potemkin roía aquella uña con tal ferocidad, que Antonia trató de disuadirlo tirando suavemente de su mano. Pero el otro, sin hacerle caso, continuó remordiendo lo poco que le quedaba de aquella cutícula blanda y ensangrentada.

—En verdad, Miranda es un hombre de cuidado —agregó luego, con la mirada perdida en el río revuelto y el cielo de estaño—. En Kiev se hizo muy amigo del conde Ignacy Potocki, ese polaco revoltoso. ¿Sabes lo que se atrevió a decir Potocki delante de mis hombres? Que lo que más le había gustado en Roma eran las estatuas de unos reyes de Dacia que había visto en el Museo del Capitolio, porque eran reyes con las manos atadas.

Antonia guardó silencio y Potemkin le buscó los ojos.

—¿Y qué crees tú que hizo Miranda? Celebrar el chiste, fue el único que se atrevió.

Ella vaciló entre permanecer callada o intentar volver al tema de la fiesta. A última hora, decidió callar.

—Con Nassau-Siegen, Miranda tuvo un altercado serio en Crimea. Pero eso fue por otra cosa.

Antonia barruntó que aquella otra cosa bien podría haber sido una mujer. Y acaso esa mujer fuera su propia prima, Teresa Viazemski.

—Nassau dijo que los españoles no usaban camas y andaban cundidos de piojos, y que las mujeres todas estaban infectadas del gálico.

—Ghika me previno contra ese hombre —recordó Antonia—. Ahora entiendo por qué.

Potemkin interrumpió el relato, se levantó sin ayuda y emprendió un pequeño paseo hasta la orilla. Al volver, propuso lo impensable:

—¿Quieres que vayamos a los Jardines de Verano?

Ella se levantó despacio y lo miró con infinita cautela.

—¿No temes contagiarte con el gálico?

Potemkin la tomó por los cabellos, le pegó el rostro y le habló boca con boca, como si le bebiera el aire.

—¿Sabes lo único a lo que le tengo miedo?

Ella negó con la cabeza.

—A no poder morirme a tiempo. A no poder morirme cuerdo y que me pase lo mismo que a Gregori Orlov. Lo vi en Moscú, jugando con las ratas, tragándose sus propias pulgas, comiéndose la mierda que obraban los demás.

La soltó, pero Antonia no se alejó enseguida. Mantuvo su boca cerca de la de Potemkin.

—Por Miranda —le dijo él—, no te preocupes demasiado. Catalina lo ha invitado a que se quede en Rusia, pero él le ha contestado que no puede. Anda buscando ayuda para irse a dar la guerra a su Pequeña Venecia.

Sacudió la cabeza con una delectación casi animal. Antonia cerró los ojos y se aferró al antebrazo velludo de aquel hombre, como quien se aferra a una tabla que flota en la penumbra. Las luces de Petrushkin empezaron a apagarse una tras otra. Las hijas del *Grand Écuyer* seguramente estaban de regreso. Todos en aquella casa sabían que Antonia iba a dormir en la ribera opuesta. Ella volvió a mirar las manos de Potemkin, esas dos garras manchadas de ternura, y le tomó un instante comprender. Acercó sus labios a los dedos sucios, y los besó con un amor terrible.

—Me pregunto si algún día veremos a Miranda convertido en el Gran Inca de las colonias libres.

—¿El Gran Inca? —preguntó Potemkin.

—Sí, es una especie de emperador.

Lo oyó soltar la carcajada cruda de una bestia.

—Pues entonces tendrás que advertirle que se cuide de su amigo Potocki, no vaya a terminar como los reyes de Dacia —estiró los brazos y juntó las muñecas—: así, ¿lo ves?, ¡con las manos atadas!

Bon voyage!

¡Buen viaje!

Johann Kaspar Lavater

El cirujano le aseguró que no había nada que temer. Aquel licor iba a sumirlo en un sueño profundo, quizá un poco agitado, pero cuando despertara, horas más tarde, ya estaría curado y no recordaría el dolor. Macanaz movió la copa en círculos, como si se dispusiera a catar un vino, sin atreverse todavía a probarlo.

—¿Y no sería mejor la poción de opio?

El cirujano negó con la cabeza. Su maestro, el viejo Levret —que en paz descanse— solía decir que no había que descartar los dormitivos ni los contrapestes que utilizaban los antiguos. Ninguna de esas pociones que habían surgido últimamente se comparaba con el vino de mandrágora. Macanaz acercó su nariz a la copa y capturó un tufillo a carne roja enmascarado en el aroma vegetal de aquel brebaje. El médico seguía insistiendo en que había remedios que no tenían sustituto, pero su éxito consistía en prepararlos tal como mandaban los textos arcanos. La mandrágora con que se había fabricado ese vino, por ejemplo, había sido arrancada a medianoche, con la ayuda de un perro que diez minutos más tarde caía degollado.

223

El otro no quiso escuchar nada más y lo apuró de un sorbo. Por supuesto que había un regusto a sangre tras el velo agridulce de la savia. Pero eso apenas le importaba: no estaba dispuesto a seguir soportando la punzada atroz, y mucho menos a continuar disimulando, a costa de tantos sufrimientos, la oscura insumisión del bajo vientre.

—Ya nadie confía en el uso de las cagarrutas de cabra, ni en las propiedades del ojo de cangrejo o de la carne de víbora. No digo que todo tenga mérito, pero hay ingredientes de los que nunca se podrá prescindir.

Macanaz cada vez oía más lejos el chachareo del cirujano. Atisbaba los contornos de su espalda enjuta inclinada sobre el infiernillo, y escuchaba el chisporroteo de las llamas en las que esterilizaba todo el instrumental.

—Nada superará jamás a una buena sangría, efectuada en el lugar preciso, para aliviar las congestiones. ¿Y quién puede dar fe de algo mejor que del puré de lirio, majado con vinagre y beleño, para curar los sabañones apostemados?

Recordó sus propios sabañones, los brotes miserables con que su cuerpo se rebelaba al frío, y quiso preguntar sobre la cura del puré, pero no tuvo tiempo porque justo en ese instante vio aparecer a una mujer frente a su lecho. Era Rosa de Macanaz. Era su espectro que llevaba el broche del retrato en el escote y sonreía con expresión muy dulce, si bien lo dulce en ella resultaba siempre amenazante. No dijo una palabra, pero abrió la boca como si fuera a hacerlo y le brotaron lágrimas, por lo que Macanaz dedujo que continuaba asfixiándose. De pronto introdujo los dedos hasta la garganta y extrajo aquel infame trozo de solomillo que, a todas luces, estaba poco hecho.

—Rosa...

Su padre apareció después. Federico de Macanaz no estaba tan decrépito como en realidad había muerto, pero lo miraba con tal expresión de reproche y pesadumbre, que él intentó desesperadamente una disculpa:

—Le juro, padre, que no tengo el gálico.

Descubrió junto a la puerta el aleteo perfumado de la túnica de Gulchah. Su padre y su mujer permanecían a su lado, pero en lugar de avergonzarse, él se sintió reconfortado por la idea de que también su amante estaba cerca.

—Gulchah...

—Todo va bien —oyó la voz del cirujano—. Le he puesto más licor, siga bebiendo.

Sintió los bordes de la copa entre sus labios, la lengua se interpuso, un hilo de jugo de mandrágora le corrió por el pecho.

—Gulchah...

No le veía la cara, cubierta por un islán plateado que agitaba el viento. Sólo aspiró el aroma salvaje que se elevaba de sus corvas, y evocó las palmas de sus manos, incandescentes y fieras, tal como las había visto aquella tarde en lo del conde Valentini.

—¡El viento! —rugió—. ¡Cierren las ventanas!

—Están cerradas, don Pedro. ¿Por qué no toma otro poquito?

Mientras tanto, el fantasma de Federico de Macanaz se había sentado en la orilla de la cama y le acariciaba los pies, como cuando era niño.

—¡Padre! —gritó de nuevo.

—¡Beba! —insistió el cirujano.

La alcoba, finalmente, se fue difuminando en la neblina blanca de los sueños mal habidos. Ni Gulchah, ni Rosa, ni el anciano melancólico eran ya visibles. Escuchó un rumor de aguas batidas y unas pocas risas. ¿Dónde estaba? ¿Quiénes eran todos? ¿Por dónde se salía?

—Quédese quieto. Ahora necesito que se quede muy quieto.

Pedro de Macanaz soltó una carcajada. ¿Cómo podía quedarse quieto un pájaro? ¿Cómo podía permanecer inmóvil una mosca? Allá iba él, volando a ras del techo, posándose en los cortinajes y aferrándose, con todas sus fuerzas, a los artesones poblados de cacatúas y perdices, cornucopias henchidas y verduras tan punzantes y sabrosas como tetas.

—En el techo, en el techo, ¡aquí!

—No me va a quedar más remedio que amarrarlo.

Desde arriba, divisó las muselinas del vestido de Gulchah. Estiró los brazos para alcanzarla a toda costa.

—¡Ven conmigo! —gritó Macanaz, y manoteó para apartar los velos que cubrían el rostro de su bailarina.

—Tranquilícese, don Pedro, no se mueva ahora por nada...

Sintió que una ráfaga helada le congelaba el vientre. ¿Quién osaba destaparlo y exponerlo al frío, ahora que la punzada que le había impedido dormir durante muchas noches se estaba disipando? Que lo cubrieran de nuevo, ¡maldición!, que lo dejaran soñar y acurrucarse.

—Sentirá una pequeña molestia, pero pasará pronto. ¡Respire hondo!

¿Molestia? ¿Qué había querido decir con eso? Sonrió para sus adentros y simultáneamente sintió un escalofrío que se originó en la punta de sí mismo y continuó hacia el centro, como una piedra lanzada a la profundidad de un pozo. Allí se convirtió en un clavo al rojo vivo que le recorrió varias veces el vientre, le rebotó en el pecho y finalmente se alojó en su cráneo. En ese momento sólo alcanzó a escuchar su propio alarido, multiplicado por mil, convertido en hedor, en gran hedor y en implacable garra.

—Ya pasó lo peor—trató de consolarlo el cirujano.

Macanaz no lo escuchó, o no quiso creerle. Siguió gritando ya casi sin fuerzas, y cuando trató de hacer un último intento para incorporarse y escapar, descubrió que sus brazos estaban atados a la cama y que sobre su torso desnudo habían cruzado una sábana que le impedía moverse.

—Ya pasó, ya no le puede doler tanto.

Pero él sentía como si se le fuera el alma. Como si todos los dolores de su existencia se hubieran concentrado en el reducido y delicado espacio de su entrepierna, y desde allí se dispararan en los cimbrones voraces que amenazaban con desgarrar su carne.

—Beba, don Pedro, reconfórtese y sea valiente.

Apuró el licor con tanta vehemencia, que destrozó con sus dientes los bordes de la copa.

—¿Pero qué está haciendo?... ¡Dios mío, si está tragándose los vidrios! Así no lo podré curar.

El cirujano le limpió los labios y le aplicó compresas frías alrededor de la boca.

—Más vino —suplicó Macanaz con un hilo de voz que había quedado a ras del alarido.

—Tampoco podemos abusar —le advirtió el otro—. Recuerde que no es vino común.

—Llame a Gulchah, dígale que quiero verla.

—Usted sabe perfectamente que la tártara no está.

De vuelta al lamedal de la vesania, se preguntó quién era entonces la mujer que había venido a verlo cubierta por la túnica bordada.

—Era Gulchah —gritó desesperado.

—Mucha podredumbre —comentó el cirujano—, muchos malos humores le ha desaguado el vientre. Eso era lo que lo ponía tan enfermo. Verá como mañana amanece mejor.

Esa misma noche, Macanaz soñó con los demonios: media docena de bestias que se acercaban para estrangularlo. Él los echó desde las brumas del letargo, desgarró las sábanas y se arañó el rostro. Su criado, que velaba cerca, intentó hacerlo reaccionar. Pero Macanaz no respondió a las sacudidas y ni siquiera despertó cuando le lanzaron una copa de agua fría en la cara. El cirujano fue llamado a la carrera y, nada más bajar del coche, oyó los alaridos que salían por las ventanas.

—Debe de tener bastante fiebre —murmuró después de echarle una ojeada—. Aplíquenle fomentos de aceite rosado y vinagre sobre la frente, y si con eso no reacciona, le dan a oler pimienta.

Antes de marcharse, dejó una última recomendación.

—En cuanto abra los ojos, háganle beber un buen caldo, con mucho morcillo y ajo puerro.

Cuando a los pocos días Pablo Grigulévich visitó la casa, todavía flotaba el olor a carne descompuesta en los alrededores de la habitación de Macanaz. Fue por eso, y por el aspecto miserable que presentaba el enfermo, por lo que decidió marcharse sin decirle una palabra. Pero Macanaz, con los ojos entornados y esa voz de agonía, apenas audible, lo detuvo en la puerta.

—Quédese, haga el favor.

Grigulévich dio media vuelta y fue a sentarse en una butaca junto al lecho.

—Pensé que dormía. ¿Cómo se encuentra?

—Voy mejorando —susurró Macanaz—. Lo malo es

que sigo soñando con demonios que me aprietan el cuello. Hace días que no sueño otra cosa.

—¿El cuello? ¿Sólo hacen eso?

—¿Y qué más quiere usted que me hagan? Siento sus garras asquerosas, hasta creo que me dejan las marcas, mire aquí, mire estos arañazos...

—Pues tenga cuidado —advirtió Grigulévich—. Puede ser la sangre de abubilla.

Macanaz se frotó los ojos legañosos y enrojecidos.

—¿Abubilla? No sé qué es eso...

—Un pájaro. Mi madre solía decir que si se untaba la sangre de la abubilla sobre las sienes de un hombre dormido, soñaría todas las noches con unos demonios que lo estrangulaban.

—Estoy muy viejo para creer en consejas.

—Allá usted. Una vez le dije que nunca se fiara de los remedios de esa tártara.

—Gulchah no está en casa —reveló Macanaz—. Se fue hace días.

—Con más razón. Pudo haberle untado la sangre de abubilla antes de irse.

—Averiguaré en la cocina. ¿Qué noticias me trae?

—Las mejores. Será dentro de seis días, precisamente en la casa de Valentini. Antonia de Salis me lo ha confirmado esta mañana.

—¿Y quiénes estarán con nosotros?

—A eso he venido. Primero quería preguntarle si se siente con ánimos de ir hasta allá.

—Sin duda iré. Creo que ni muerto dejaría de asistir a la captura de Miranda.

—La casa estará totalmente rodeada por gente de toda mi confianza. Habrá un carruaje de doble compartimento esperándonos afuera. Y lo de la galeota está arreglado. Atravesaremos el golfo rumbo a Estocolmo, y de allí, por tierra, a Cristianía. Luego otra embarcación nos recogerá en aquel puerto para llevarnos a Amsterdam.

—Me siento capaz de ir a la casa del conde Valentini —reconoció Macanaz—. Pero dudo que pueda realizar una travesía tan larga para entregar a Miranda. Usted, Grigulévich, lo hará en mi nombre.

—Una vez que estemos fuera de Rusia, no correremos ningún riesgo. Llegaremos con bien a España, pierda cuidado.

Fuera de Rusia. Le parecía tan lejano ese sueño. Ahora más que nunca, Macanaz ansiaba abandonar San Petersburgo, pero hasta el otoño, tal vez, no tendría fuerzas para sobrevivir a un viaje a ninguna parte. Se consideraría dichoso si lograba arrastrarse hasta la casa del conde Valentini para asistir a la culminación de todos esos meses de trabajo; para contemplar, con sus propios ojos, la cara que iba a poner Miranda cuando se supiera preso.

—Hay algo que tal vez no sepa —agregó Grigulévich, e hizo una pausa para sacar su cajita de rapé.

—Le ruego que me lo diga todo de una vez.

—Usted protestó ante la Emperatriz porque Miranda estaba usando el uniforme del ejército español, ¿no es cierto?

—Lo hice. Miranda es un tránsfuga, sin derecho ni rango.

—Pues se sacó el uniforme español, pero ahora tiene uno ruso: Potemkin lo nombró coronel.

—Subalterno de Potemkin —caviló Macanaz—. ¿Traerá eso algún problema?

—No lo sé. Nadie sabe ahora mismo dónde está Potemkin, y por eso debemos hacerlo rápido, terminar de una vez.

Grigulévich se puso de pie, tomó aire y finalmente tocó el punto de los honorarios. Los únicos que cobrarían después de consumado el secuestro eran los hombres que se iban a encargar de vigilar el edificio y, por supuesto, Antonia de Salis. Pero los de la galeota querían el pago por adelantado, y también los que iban a conducir el carruaje, quienes, como Macanaz podía imaginar, no eran simples cocheros.

A duras penas, Macanaz se sentó en el lecho y ordenó que le acercaran una mesa y los útiles para escribir. Acto seguido garrapateó unas notas que entregó a Grigulévich. El otro las dobló muy cuidadosamente y las guardó en el portafolio.

—Quedamos en que el martes, a las seis de la tarde, vendré a buscarlo. Usted podrá permanecer dentro del coche todo el tiempo que desee, y, una vez tengamos a Miranda a buen recaudo, le avisaré para que baje a verlo.

—Sólo quiero estar allí para informarle a ese canalla de que en nombre del Rey, mi amo, queda detenido.

—*Alea jacta est* —sentenció Pablo Grigulévich antes de retirarse.

Lejos de agotarlo, como pensara Macanaz en un principio, aquella charla lo había ayudado a espabilarse y, por primera vez en muchos días, sintió algo parecido al apetito. Agitó la campanita y enseguida apareció el criado, a quien ordenó que le trajera un buen caldo de vaca. Pero antes deseaba hacerle una pregunta: quería saber si por casualidad había visto a su camarera tártara sacrificando a un pajarito.

—¿Pajaritos?... No, no la vi sacrificar ninguno.

—Haz memoria. El día anterior a su partida, cuando me estaba preparando los fomentos, ¿no la viste trasegar con algo que pareciera sangre?

—No, señor.

—¿Ni viste restos de plumas por allí?

—Tampoco. Aunque en la cocina de esta casa no es extraño que uno se tope con montones de plumas.

—Las plumas de las que te hablo son distintas. Son muy pequeñas, de pajarito.

—No, señor, ni siquiera sé de qué clase de pájaro me está hablando. Pero puedo preguntarle al cocinero.

Macanaz se recostó para esperar por el caldo, que luego bebió con gran satisfacción. Abajo, en la entrepierna, habían desaparecido las peores punzadas, pero aún persistían unos ramalazos ardientes que le cortaban la respiración, sobre todo cuando trataba de orinar y su mano, sin querer, rozaba el labio abierto de la herida.

—Un poco más de caldo —le ordenó a su criado, devolviéndole el tazón vacío.

En el ínterin, apareció el cocinero. Un hombre bajito y delgado, con la nariz perennemente roja, los ojos de un azul perverso y dos mechones rubios por toda cabellera, tan rígidos y empolvados que parecían labrados sobre el cráneo.

—Lo único que deseo saber es si vio a la camarera tártara sacrificando pajaritos.

—No la veo desde hace más de una semana.

—Lo sé. Pero la última vez que la vio, ¿no observó si acaso estaba desangrando alguno?

—Que yo sepa —caviló el cocinero—, los únicos que comen pajaritos son los griegos. Eso sí, en una salsa caliente hecha con queso rallado, vinagre y *silphium*.

Macanaz se recostó extenuado. Por muy bien que cocinara ese hombrecito enteco, cuya consunción seguramente tenía mucho que ver con la cercanía de los fogones; por más que se acicalara y se esforzara por lucir siempre tan limpio, la verdad es que él le tenía repugnancia. Le repugnaban su rostro fruncido y su cuerpo de lombriz, y en especial sus manos pálidas que se achicaban como un par de pajaritos desplumados.

—Puede retirarse.

Aquella noche no volvió a soñar con los demonios que lo atormentaban. Quizá el mejor antídoto contra la sangre de abubilla era precisamente el de reconocer su influjo. Durmió de un tirón hasta bien entrada la mañana y, nada más abrir los ojos, tuvo la certeza de que aquel caldo ingerido el día anterior lo había restablecido lo suficiente para abandonar la cama.

Se levantó un poco mareado y se lavó con la ayuda del criado. Cuando estuvo a solas revisó la herida y descubrió, no sin cierta amargura, que junto con los hediondos humores que enervaban su sexo y que se derramaron bajo la cuchilla del cirujano, también se había escurrido la parte más tortuosa y cerebral de su pasión por Gulchah. Añoraba la neblina de sus camisolas y el franchipán glorioso de su aliento de pantera, pero ya no necesitaba de sus brazos ni mucho menos de aquel sexo que, tarde lo comprendía, lo había estado devorando poco a poco.

Se asomó a la ventana y contempló la arboleda, alguna que otra copa amarilleando antes de tiempo, y en eso vio pasar al pescadero, que se dirigía a la cocina cargando una canasta llena. Miró el amasijo de anguilas y barbadas aún esmaltadas por el agua, y los ojos atónitos de aquellas percas gordas, recién sacadas del Nevá. Era la lasitud con que se amontonaban en la cesta lo que él relacionó, de golpe, con el desmayo de su propia daga.

—Como pescado muerto —musitó.

Cerró los ojos y aguantó en silencio, pasaron largos minutos de desdicha, y comprendió que aquella que le provocaba el roce de sus dedos habría de ser la última gran punzada de su vida. Entonces entreabrió los párpados y alcanzó a ver al vendedor radiante, que iba de retirada, con la canasta vacía.

Cádiz
1816

En esos momentos acude en su ayuda una mujer, Antonia de Salis. No sabemos si era joven o vieja, guapa o fea, amiga de los años en que hizo su primera aparición en Cádiz o nueva admiradora suya. Lo único que nos consta es que era mujer devota de Miranda, una amiga segura y fiel del caraqueño.*

* J.G. Lavrestki: *Miranda, la vida ilustre del precursor de la independencia de América Latina,* versión castellana, Ediciones de la Contraloría de Venezuela, Caracas, 1974. *(N. de la A.)*

—Te hablo de la princesa Ghika, ¿la recuerdas?

—También debe de haber muerto.

—Claro que murió, Francisco. Hace mucho, tú estabas aún en Rusia.

Él volvió a toser y ella le limpió las comisuras con un
pañuelo empapado en agua de colonia.

—No pudo haber sido cuando yo estaba en Rusia
—musitó con la voz mortecina que se le había puesto desde el día anterior—, porque mucho después me la encon-
tré en París.

—Imposible —dijo Antonia—. Ghika de Moldavia
murió en Kiev el mismo año en que estalló la guerra con
Turquía.

Francisco hizo un gesto de impaciencia y preguntó por
su criado.

—Morán debe de estar al llegar —respondió ella—.
Le encargué que trajera naranjas para ti y un poco de jamón
para el pobre Sauri, que ha pasado dos noches en vela,
cuidándote.

A la enfermería de la prisión de La Carraca, por esa

237

época del año, no entraba más que la brisa amodorrada que soplaba desde el noroeste, y alguna que otra ráfaga extraviada sobre el Caño de la Cruz, un viento sucio que empujaba olores viejos y el eco de las voces recogidas al vuelo en la explanada. Eso duraba apenas un segundo, y luego se aquietaba el vaivén de las cortinas divisorias, y el edificio quedaba hundido en un sopor ardiente y lastimero.

—Quisiera volver a la cuadra alta —musitó Francisco—. Aquí no se soporta el calor.

—Ya pronto —mintió ella—. Los médicos dicen que en cuanto te mejores podrás volver a la Torre.

—En cuanto me mejore... lo primero que haré será buscar la forma de escapar a Rusia.

Empezó a jadear y Antonia se apresuró a abanicarle el pecho y el rostro. Entonces lo oyó balbucear el nombre de «Ghika», lo dijo dos veces en lo que parecía un intento por recuperar cierta lejana imagen.

—Claro que la recuerdo —insistió con la voz algo más clara—. La vi en París, en el noventa y cinco.

—Estás confundiéndola, Francisco.

—¡Juro que no! —gimió irritado—. Estoy seguro de que la volví a ver en el salón de Delfina de Custine. Se me plantó delante, me tomó por un brazo y me habló de un pájaro que le diste en Kiev.

Antonia meditó unos instantes y sacudió la cabeza, como quien intenta apartar un mal pensamiento. Volvió a empapar el pañuelito y limpió el cuello y el pecho del enfermo.

—La confundes, pero es natural. No puedes recordar a todo el mundo.

—A Ghika la recuerdo bien. Me acuerdo de su dedo quemado.

238

—No tenía tal quemadura. Yo misma le saqué el dedil cuando murió: era un dedo exactamente igual que los demás.

—Lo dudo —intentó sonreír—. Ya nada podía ser igual para aquel dedo.

—¿Y del viejo? —prosiguió Antonia, tratando de mantenerlo alerta—. ¿No te acuerdas del criado? Se hacía llamar Ígor, pero su verdadero nombre era Ursul. El yerno de Ghika lo mencionó cuando le fui a entregar las pertenencias de la difunta.

Francisco levantó el brazo, apuntó con el índice al vacío.

—El día que la vi en el salón de Delfina, sí, ese día se hacía acompañar por un joven cíngaro que se llamaba Ursul, ¿o era Rasul?

Antonia se estremeció y hubo un silencio largo sobre el cual sobrevoló aquel nombre que sonaba a pájaros.

—Ígor era demasiado melindroso para ser cíngaro —musitó ella al cabo de un rato—. Recuerdo que una vez, yendo de camino a San Petersburgo, pasaron unos kirguisos vendiendo carne de caballo y Ghika le ordenó que bajara a comprarla. Regresó lívido, el pobrecito se moría de asco.

—Camino de San Petersburgo —silabeó Francisco—. Aquello nunca fue un camino. Era como una música. Cierro los ojos y ya no puedo verlo, pero puedo oírlo.

La gruesa puerta de la enfermería se abrió con un macabro chirrido de goznes, y un hombre de ojos achinados y orejas voladizas, con la cabeza mal rapada y una vieja chaqueta de indiana llena de remiendos, se acercó a Antonia y le entregó las naranjas.

—El jamón ya se lo di al peruano.

Ella le dio las gracias y tocó suavemente el hombro de Francisco, que había vuelto a cerrar los ojos.

—Aquí está Morán. Voy a pelarte una naranja.

Luego se dirigió al recién llegado, que se había quedado de pie, junto a la cama, y le entregó un aguamanil vacío.

—Vaya por un poco de agua, Morán.

Peló la fruta sobre su falda y la dividió con sabiduría, sin lastimar ni un solo gajo. Cuando hubo terminado, comenzó a acercar los trocitos a la reseca boca del enfermo.

—Nunca supe cuánto tiempo estuviste con Potemkin —le susurró Francisco, tomándole una mano.

—Todo el que pude. Pero hubiera estado con él hasta el final si me lo hubiera pedido.

El calor había arreciado y, mientras él masticaba, ella le secaba el sudor del rostro.

—Tenía mucho miedo de volverse loco —recordó Antonia—. Me dijo que había visto a Orlov en el asilo y que no quería morir de esa manera.

—Poco faltó —agregó Francisco y rechazó el último gajo de la fruta.

Ella se lo echó a la boca, masticó con calma mirando hacia ningún lugar, y calculó el tiempo transcurrido desde la madrugada en que llamaron a las puertas de su casa en Kiev para anunciarle que el Príncipe de Táurida había muerto. Casi veinticinco años, suspiró. Al enterarse, salió enseguida hacia Otchakov para besar las mejillas de su amante, pero Varvara, la sobrina de Potemkin, la detuvo en los alrededores de Cherson con un mensaje escueto: que no se molestara en seguir adelante, porque no le permitiría acercarse al cadáver. Regresó a Kiev sin despedirse de Potemkin, y sin volver a ver esa ciudad en la que, por esas mismas fechas, su prima Teresa agonizaba víctima de un garrotillo tardío, que la mató de asfixia en dos semanas.

La voz ronca de Francisco la devolvió a la realidad de la prisión y de la canícula que abrasaba el aire.

—Contaban en Londres que durante la ocupación de Otchakov, cuando los soldados de Potemkin hallaban niños turcos escondidos en alguna cueva, los lanzaban al aire y los ensartaban con las bayonetas.

—Puede que haya sido así —repuso secamente Antonia.

—También dijeron que Potemkin solía desquijarar a los prisioneros con sus propias manos, y a veces los cegaba pegándoles un carimbo en los ojos.

—Se han dicho muchas cosas —lo esquivó de nuevo y volvió a pasarle el pañuelo perfumado por las mejillas. Notó entonces que la piel de la cara estaba tan adherida a los pómulos, que había tomado un tinte terroso, moteado de amarillo junto a las mandíbulas, y de gris a la altura de las sienes.

—Sigues sudando —disimuló conmovida—, y esa es buena señal.

Ella tampoco conservaba demasiada lozanía en aquel rostro que ya apenas se empolvaba, con tal de no mirarse mucho en el espejo. Sus ojos rasgados, que un oficial prusiano de paso por Cherson alabó en aquel tiempo como los más ardientes que había visto, se empezaban a fundir bajo el peso de los párpados, y la piel flácida de las mejillas, cubierta de manchitas, se le replegaba un poco sobre las comisuras. El sol de Cuba, adonde regresó tras la muerte de Potemkin, a la larga resultó más dañino que los fríos de Rusia. Volvió a La Habana convertida en otra, o en nadie, y su padre, bastante enfermo por aquella época, le aconsejó que se cuidara del sol y conservara su blancura rusa. Muchos años después, cuando pensaba que ya jamás se movería de esa ciudad donde se había casado y enviudado, le llegó una carta: Francisco de Miranda, arrestado en La Guaira y encerrado en una prisión de Puerto Rico, necesitaba de ella. Se palpó el cuello, afeado por una constelación de verruguitas que no habían cedido ni al jugo de limón ni a la leche de higos. De Puerto Rico, lo habían llevado a Cádiz, y Antonia se había instalado allí, se quedaría el tiempo que fuera necesario, cuidándolo hasta que fuera libre.

—Potemkin era un hombre de extremos —le oyó decir a Francisco—. De la mayor altivez, a la mayor condescendencia; de los más ricos trajes, a los más vulgares; de la comida más exquisita, a la más ordinaria. La última vez que lo vi estaba tan borracho, que al despedirse me besó en la boca.

—Aquel día... Tenía que haber estado muy borracho para hacer lo que hizo.

Francisco afirmó con la cabeza y ella se mesó lentamente los cabellos, aquellas mechas grises que en nada recordaban ya el negro esplendor de su juventud. La peor parte, sin embargo, se la había llevado su dentadura. En Cherson, lo recordaba con nostalgia, había padecido el primer dolor de muelas de su vida, una punzada miserable que coincidió con los primeros besos que le dio Francisco. En aquella ocasión pudo aliviarse haciendo buches de agua alcanforada y oprimiendo contra la mejilla hinchada una botella caliente. Pero con el paso de los años, esos remedios habían surtido cada vez menos efecto, y poco a poco había tenido que desprenderse de unos cuantos dientes.

—Macanaz estaba enfermo. Tenía el gálico muy avanzado.

—Nada de eso —lo contradijo una vez más Antonia—. Lo acababan de operar de una fístula o algo así.

—Te digo que era el gálico. Todo San Petersburgo lo sabía.

Antonia se encogió de hombros: no valía la pena revolver el pasado, ni convenía que Francisco se agitara discutiendo por tales pequeñeces.

—Sólo sé que cuando entraron a buscarte —recordó sonriendo—, Macanaz traía la mano puesta en la entrepierna, y que después Potemkin, para hacerle burla, hizo lo mismo.

Se rieron juntos y Francisco trató de agregar algo, pero le sobrevino otro acceso de tos, mucho más fuerte que los anteriores. Antonia vertió en un vasito de peltre el agua que acababa de traer el criado y lo ayudó a incorporarse para que la bebiera. Cuando se le pasó la crisis, él tan sólo atinó a preguntarle la fecha.

—Estamos a doce de julio —respondió Antonia—. Ya está entrando el atún a la bahía, ¿no sientes el olor? Toda la ciudad hiede a pescado.

No, ya ni siquiera sentía el olor del agua de colonia. Chasqueó los dedos para llamar al criado y le pidió que le diera la carta que le había dictado esa misma mañana. El hombre rebuscó entre los papeles que llevaba en el bolsillo y extrajo un sobre doblado que le extendió a su patrón.

—Quiero que leas esto —dijo él, pasándoselo a Antonia—. Lo único que falta es que le pongas la fecha.

Ella sacó la hoja y la desdobló con cuidado, acercándosela a los ojos. Ya no lo podía posponer por más tiempo: tenía que comprarse unas antiparras. Luego se aclaró la garganta y comenzó a leer:

—«Muy señores míos, la señora Antonia, que vivía en la calle de San Cristóbal (Isla de León) número cuarenta y seis, vive ahora en la calle de San Francisco de Asís número siete, para lo que ustedes gusten mandar y ella pueda servirles».

Se hizo un breve paréntesis y Francisco agregó:

—Esa carta es para el señor Ross, en la plaza de Gibraltar. El dinero que me han enviado desde La Guaira es muy posible que lo reciba él, y en ese caso se comunicará contigo.

Antonia asintió, volvió a guardar el papel dentro del sobre y lo ocultó en su escote, debajo de la blusa. Notó que a Francisco le comenzaban a temblar las piernas y le hizo seña al criado para que se acercara.

—Tendrás que conseguir una botella de aguardiente. Habrá que darle una friega esta noche.

El enfermo hizo un gesto indescifrable con la mano y luego la dejó caer blandamente sobre la falda de Antonia.

—Potemkin estaba desnudo.

—¿De qué estás hablando? —preguntó ella.

—De aquel día, en lo del conde Valentini. Cuando apartaron las mantas, creyendo que iban a encontrarme allí, se dieron de bruces con Potemkin.

—No era Potemkin, sino De Ribas. Potemkin llegó después y los echó de allí, a Macanaz y al hombre que lo arregló todo.

—El turco aquel...

—Mitad turco y mitad ruso. Su mitad turca trabajaba para Macanaz, y su mitad rusa se encargó de traicionarlo y contárselo todo a Potemkin. Les sacó muy buen dinero a ambos y ese mismo día escapó a Crimea.

Francisco apretó los párpados, ella no supo si por dolor o por hacer memoria.

—Me imagino que tú también estarías desnuda.

—Nada de eso —repuso ella—. Yo estaba vestida, y hasta tenía una estola encima cuando me levanté para decirles que a esas horas el coronel Francisco de Miranda estaba a salvo, atravesando el golfo rumbo a Estocolmo.

Él volvió a pedirle agua y Antonia le acercó el vaso a los labios, pero viendo que ya no tenía fuerzas para incorporarse, le pasó un brazo por debajo del cuello y le sostuvo la cabeza. Sintió el chasquido de la boca lívida que trataba de beber con ansia, y cuando lo acomodó de nuevo sobre la almohada, la conmovió la certidumbre de que aquel cuerpo decrépito y cansado se acercaba a su fin.

—En Rusia me dijeron que tú y yo nos parecíamos —oyó de nuevo el hilo de su voz, ya tan distante.

Ella ladeó la cabeza y puso el vaso en su lugar.

—¿Ah, sí? ¿Quién dijo tal cosa?

—En Cherson me lo dijo Teresa Viazemski.

—Siempre fue una buena zorra —recalcó Antonia, sin la menor intención de contener el antiguo bandazo de rencor que le apretó los labios.

—Y en San Petersburgo, el general Levshev me lo hizo ver durante aquella fiesta en lo del príncipe De Ligne.

—Dicen que uno termina por parecerse a la gente que quiere —suspiró Antonia.

—Pero tú querías a Potemkin —le recordó Francisco.

—Eso fue después. Y todavía hoy me parezco a él. Se me está cerrando este ojo, ¿ves? Y mi plato favorito sigue siendo el potaje de esturiones.

Él ya no sudaba y, al tocarle la frente, Antonia comprendió que la fiebre volvía por sus fueros.

—Lo único que me gustaría saber —murmuró grave, con los ojos llenos de lágrimas—, es si al fin y al cabo voy a tener que morirme en La Carraca.

—Para saber eso —trató de bromear ella—, tendría que traerte un caradrio.

—¿Un caradrio?

—Ese pájaro adivino que se inventó Ghika.

—Siempre me han gustado los pájaros —desvarió Francisco—. A veces sueño que desembarco en una isla donde no existe más que un árbol. Me acerco y veo que no tiene hojas, lo que parecen ser hojas son miles de pájaros sobre las ramas, y cuando llego a ellos, cuando voy a tocarlos, se desparraman por los aires.

El soldado que custodiaba afuera dio un par de golpes en la puerta y les advirtió a través del ventanillo que ya era hora de que Antonia se marchara. Ella volvió a estirar las sábanas y colocó entre los dedos del enfermo el pañuelo que había estado usando para secarle la frente.

—Antes de viajar a San Petersburgo, yo también solía soñar con los Jardines de Verano. Luego Potemkin me llevó y ya no volví a soñar con ellos.

La enfermería estaba en penumbras, y Antonia prendió la lámpara de aceite que estaba en la mesita junto al lecho.

—Como Sauri ha descansado todo el día, podrá cuidarte bien esta noche. Mañana te mandaré un buen caldo con Morán.

Francisco permaneció callado, pero cuando Antonia estaba ya en la puerta, lo escuchó balbucear unas palabras. Dio media vuelta y vio el perfil inmóvil, como el de una máscara.

—¿Me estabas diciendo algo?

—Nada, Antonia, que en lugar del caldo deberías mandarme uno de aquellos pájaros, ¿cómo les llaman?

—Lo haría con gusto. Pero te juro que no sé dónde encontrarlos.

Le pareció que él continuaba hablando y se desesperó por no poder oírlo, pero el soldado la conminó a salir y se interpuso para cerrar la puerta. Avanzó por el corredor iluminado con antorchas, sintió un roce en la cara y, antes de doblar por el primer recodo, tuvo un presentimiento y paró en seco. El silencio de aquel lugar la sofocaba, y la sofocaban el olor a musgo, el tufo de las pociones fermentadas y los apósitos resecos. Suspiró hondo y sollozó el nombre de Francisco, y antes de que pudiera darse cuenta rebotó la palabra endurecida, chisporroteó en la llama azul y se enredó en su pelo, como las alas de un murciélago, como otro absurdo pájaro irascible.

Nous nous retrouverons...

(Nos volveremos a encontrar.)

Johann Kaspar Lavater

Mucho antes de que Morán atravesara como un loco la ciudad, se acercara jadeando al número 7 de la calle San Francisco de Asís, balbuceara la noticia y se echara a llorar en un rincón, con la cara tiznada y la camisa abierta, Antonia tuvo la certeza de que Francisco de Miranda no era más de este mundo.

Acababa de meter en un banasto la ropa limpia que debía de llevarle al día siguiente, y entonces descubrió que se le había quedado afuera una camisa blanca. Cuando la cogió para doblarla, sintió que le faltaba el aire y tuvo la impresión de que aquella camisa se había estremecido. La dejó caer y se tumbó en la cama, sin atreverse a rezar ni a desvestirse, en espera de que alguien viniera a darle la noticia. A las seis de la mañana, su criada le llevó a la cama el té y la vio sudando el miedo, entonces le sugirió que se quitara por lo menos el vestido negro.

—¿Para qué? —repuso Antonia—. Dentro de un rato tendré que volver a ponérmelo.

Había amanecido por completo cuando sintió los golpes en la puerta, y poco después Morán se le plantó delante, con el rostro congestionado y los ojos más desorbitados que de costumbre.

—A la una y cinco de la madrugada. Vomitó tres veces y luego dejó de respirar.

Ella se mantuvo serena, apartó unas hebras de cabello que se le habían pegado al rostro y esperó a que el otro se calmara.

—No me han dejado enterrarlo. Primero se llevaron el cadáver, luego vinieron por el colchón con las sábanas, y al punto regresaron y recogieron todo lo que quedaba: la ropa y los zapatos, y los dos libros que usted le había llevado. Cargaron hasta con la bacinica y lo quemaron todo en una hoguera que prendieron en el patio.

Antonia fijó la vista en la camisa que colgaba al borde del banasto: las mangas desoladas, vacías por dentro y por fuera, todo el universo se había esfumado allí, en la súbita manera en que se convirtió en tela sin rumbo. Pensó que la ropa sin sentido de los muertos era el sentido de la muerte. Morán se le acercó temblando.

—Yo sólo he podido salvar esto.

Le extendió un cuaderno con las tapas cuarteadas y un cartapacio repleto de papeles. Ella los miró con recelo, sin atreverse aún a tocarlos, pero el otro la apremió con un gesto. Antonia lo colocó todo sobre su falda y abrió primero el cuaderno:

SOUVENIR pour des
VOYAGEURS CHÉRIS

Hojeó lentamente aquellas páginas y leyó en voz alta la inscripción final:

à Zuric,
Lundi ce 9 Juillet 1787
Johann Kaspar Lavater

—Son los pensamientos de un viaje —musitó—. El autor se los dedica a Francisco.

—Ahí dentro —agregó Morán, señalando el cartapacio—, hay varias notas, casi todas para la Casa Turnbull. Y copia de una carta que mi amo le escribió al coronel Simón Bolívar.

—¿A Bolívar? —preguntó ella sin fuerzas, y volvió a clavar la mirada en la camisa sórdida, inútil, muerta de rabia—. Hace muchos años lo pude salvar de Macanaz, pero, ¿quién podía salvarlo de Bolívar? No mencione ese nombre en mi presencia, Morán, no lo mencione más.

El criado se llevó una mano a los ojos, y a Antonia le pareció que sollozaba. Siguió revisando el cuaderno y acarició las páginas amarillentas con los escritos de Lavater. 1787: el mismo año en que ambos fueron viajeros fortuitos; forasteros inmóviles en un mundo extraño que transcurría a toda velocidad. «Nos volveremos a encontrar», pensó. Sacudió la cabeza, la invadió una soledad terrible.

—Aparte de esto, ¿no le dejó ningún otro recado?

Morán se destapó los ojos y movió la cabeza. El día anterior, cuando se presentó el fraile dominico a confesarlo, su patrón le había gritado que lo dejara morir en paz. Al atardecer se quedó dormido y cerca de la medianoche comenzó a quejarse de una punzada en la cabeza. Poco después se desmayó y no volvió en sí.

Antonia se puso de pie, se dirigió a la cómoda que había en su alcoba y guardó los papeles de Francisco. Al

250

volver al saloncito, caminó resuelta hacia el banasto, recogió la camisa y la olfateó por los sobacos.

—Todavía huele a sudor —murmuró apesadumbrada, doblándola deprisa—. Nunca las lavan como es debido.

Morán permanecía clavado frente a la ventana y a Antonia la entristeció el perfil de pera de su cabeza rapada, y los contornos voladizos de sus dos orejas, bien recortados contra la luminosidad de los visillos.

—Gracias por haber venido —le dijo—. Ya sé que usted hizo lo que pudo.

—¿Quiere que le diga algo al peruano?

—Al pobre Sauri... Agradézcale por haber cuidado de Francisco y llévele esa ropa limpia. Seguramente le sacará buen provecho.

Pero el hombre continuó inmóvil y Antonia volvió a derrumbarse sobre la butaca.

—Si al menos pudiera averiguar dónde lo enterraron. La mujer y los hijos, allá en Londres, querrán saber.

—Mucho me temo que lo han quemado con todas sus cosas —barruntó Morán.

Ella sudaba tanto, que la tela del vestido se le había pegado a la espalda.

—Y eso no es bueno —añadió el otro—. Si lo quemaron, se quedará el alma en pena vagando por las Cuatro Torres.

La criada entró en ese momento para descorrer las cortinas y ofrecerles té. Entró la claridad implacable, una marea irrespetuosa que volvió todo al revés. Antonia buscó el rostro de Morán y se asombró de ver aquellos ojos transfigurados y borrosos. El hombre bajó la vista y se encogió en una esquina, como si la claridad del sol también lo hubiese herido.

—¿Sufrió mucho antes de morir?

—No lo creo. La calentura ya no lo dejaba pensar. Le dijo a Sauri que usted iba a llevarle un pájaro para que lo curara.

Bebieron el té en silencio y, cuando la criada regresó para recoger las tazas, Antonia le ordenó que cerrara nuevamente las ventanas.

—Yo ya me voy —anunció Morán—. Si no se le ofrece nada más...

Ella lo vio coger el banasto con la ropa limpia y dirigirse dando tumbos a la puerta.

—¿Quiere que le dé aviso a alguna persona?

Antonia no le respondió de inmediato. Se llevó una mano a la boca y comenzó a morderse las uñas.

—Váyase de una vez, Morán.

Permaneció durante varias horas sentada en la penumbra, apenas sin moverse, y poco después del mediodía, su criada se le acercó y le puso al frente un cuenco humeante. Antonia se sobresaltó y la miró alelada, como si acabara de llegar de lejos.

—Me había quedado dormida.

—Pues si no va a comer como Dios manda —le dijo la criada—, al menos tómese ese caldo.

—Hace mucho calor —balbuceó ella.

—El mismo que ha hecho siempre en Cádiz por el mes de julio. El mismo que hizo hace cien años y el mismo que hará dentro de doscientos.

—Dentro de doscientos —susurró Antonia—, nadie se acordará de nosotros. ¿Te acuerdas de él, Domitila?

—Un poco, sí. Me acuerdo del día que usted estaba muy grave y él se apareció en la casa de la princesa Ghika con la estampita de la Virgen Negra.

Antonia se embozó el rostro con un extremo de la falda y dejó escapar un gemido.

—Eso es lo que tiene que hacer —susurró la otra y le acarició el pelo—. Llore un poquito su merced, llore para que el alma de ese pobre viejo pueda elevarse.

—Se quedó esperando por un pájaro...

—¿Y qué más da? En el lugar donde está ahora tiene todos los pájaros que quiera.

Ella levantó la vista y se quedó prendada de la expresión radiante de esa mulata sabia, que se lo fue diciendo muy bajito, como si terminara de contarle un cuento:

—Pájaros blancos, figúrese, que celebran los maitines cantando igual que los cristianos.

—Caradrios...

—Pájaros —pronunció alto y claro—, le digo que son pájaros y están allí, donde se acaba el viaje.